현아의 장풍

이 도서의 국립중앙도서관 출판예정도서목록(CIP)은 서지정보유통지원시스템 홈페이지(http://seoji.nl.go.kr)와 국가자료공동목록시스템(http://www.nl.go.kr/kolisnet)에서 이용하실 수 있습니다. (CIP제어번호: CIP2019036909)

현아의 장풍

최영희 지음

북멘토

차례

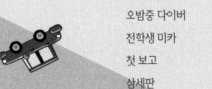

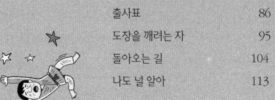

4장 너를 기억해

5장 바람의 현아

"조사 결과 초기 설계 단계에는 오류가 없었습니다."

"확실한가?"

"네. 빅뱅 직후의 초기 우주부터 성간 구름에서 별들이 태어나는 시기까지, 단계별로 다시 확인했으나 오류는 발견되지 않았습니다. 또한 원시 행성계 원반에서 지금의 태양계가 만들어지고 생명 서식 지대에 인간이라는 지성체가 등장하기까지 과정도 완벽했습니다."

"그럼 저 현상은 뭘로 설명할 텐가? 왜 시뮬레이션 지구에서 락싸멘툼(laxamentum: '팽창'이란 뜻의 라틴어) 에너지가 감지되는 건가? 피조물 세계에 설계자의 에너지라니, 이건 유례가 없는 일이네."

"청소년 설계자가 만든 과제용 프로그램 일부가 저 지점의 한 인간에게 흘러들어 간 것으로 추정됩니다."

"과제용 프로그램이라니?"

"그게…… 청소년 설계자들 중에 특정 인간의 행동 패턴과 기억 일부를 백업하는 애들이 있습니다."

"아니, 설계자가 인간의 데이터를 백업해서 뭐에 쓰려고?"

"설계자와 인간의 능력을 결합한 지성체를 만들겠다는 겁니다. 교육처에서 청소년 설계자들을 대상으로 해마다 신형 우주 및 지성체 프로그래밍 수행 평가를 실시하는데, 그 부작용이 아닌가 싶습니다. 주입식 교육만 받고 자란 청소년 설계자들에게 고도의 창의성을 요하는 미션을 주니까, 아이들이 인간의 데이터를 불법으로 백업하는 것이죠. 특별한 능력이나 독특한 매력을 지닌 인간의 데이터를 슬쩍슬쩍 참조하는 방식으로요."

"대체 어떤 녀석들이 그런 짓을 한 거야? 그런 놈들은 당장 퇴학을 시켜야지."

"그게…… 몇 해 전부터 일종의 관행으로 굳어진 상태라, 일일이 처벌하기가 쉽지 않습니다."

"말세군 말세야. 당장 교육 담당 설계자들을 문책해야겠군. 그건 그렇고, 지금 문제가 되는 인간에게는 대체 누구의 백업 데이터가 흘러들어 갔기에 저 난린가?"

"최배달이라고 극진공수도라는 무술의 창시자입니다. '바람의 파이터'라는 별명으로 불리며 수십 년 전 시뮬레이션 지구에서 꽤나 영향력을 떨쳤던 인물인데 사후에도 그의 무도 정신을 존경하는 인간들이 수백만에 달한다 합니다. 인간뿐 아니라 청소년 설계자들 사이에서도 꽤나 인기가 있는 걸로 압니다."

"어허, 거참. 요새 애들의 머릿속은 당최 알 수가 없다니까. 그런 최배달의 데이터가 흘러들어 갔다는 인간은 누군가?"

"그게…… 열일곱 살 여자아이입니다."

"그 애 하나인가?"

"네. 문제가 포착된 지점의 인간들을 전수 조사 한 결과 그 애하나였습니다."

"그렇다면 간단하겠군. 지체 말고 지워 버리게."

"네?"

"시뮬레이션 지구에서 그 애의 존재값을 없애 버리라고."

"하지만 설계자가 지성체 출연 후의 시뮬레이션 세계에 개입하는 건 금지 사항 아닙니까? 특히 설계 윤리 협회에 이 사실이 새 나가기라도 하면 그땐 일이 복잡해집니다."

"젠장! 설계 윤리 협회 놈들 무서워서 눈앞에 빤히 보이는 오류를 내버려 두란 말인가?"

"절차를 따르는 수밖에 없습니다. 그 인간 아이를 밀착 감시 해서 저대로 내버려 두면 위험하다는 걸 증명해야 합니다."

"절차라……. 좋아, 그럼 그 일은 청소년 설계자한테 맡기도록하지. 최배달의 데이터를 사용한 녀석들 중에 한 놈을 골라서 내일 당장 시뮬레이션 지구로 다이빙시켜. 설계자와 피조물의 지엄한 경계를 침범한 지성체가 얼마나 위험한지 직접 겪어 보게 해야지."

1장

장풍의 시대

오늘의 현아

흑연과 다이아몬드는 탄소 동소체다. 둘 다 탄소 원자로 이루어졌지만 결정 구조가 달라지는 바람에 한 놈은 현아의 샤프심이 되었고, 한 놈은 담임의 결혼반지가 되었다. 뜯어보고 해작여 보면 결국 같은 원소만 남겠지만 흑연과 다이아몬드는 엄연히 다르다.

현아도 그랬다.

어제의 현아나 오늘의 현아나 그 속을 들여다보면 같은 심장과 콩팥, 허파, 대장, 소장, 같은 DNA를 지닌 동일 인물이다. 하지만 어제와 현아와 오늘의 현아는 아주 딴판이다. 그토록 단단하고 반짝거리던 어제의 현아는 사라지고 없으니까. 샤프심처럼 사소한 충격에도 툭 부러질 듯 예민한 데다 인상마저 어둑어둑한 오늘의 현아만 남았다.

"그만하자, 강현아. 히스테리는 쉬는 시간에 풀어."

언제 다가왔는지 담임이 현아의 책상을 톡톡 두드렸다. 현아가 저도 모르게 샤프심을 계속 부러뜨리고 있었던 것이다.

쉬는 시간, 현아는 지친 몸을 이끌고 지훈이에게 갔다. 이 청천벽력 같은 사태를 객관적으로 논평해 줄 사람은 이 지구상에 심지훈밖에 없다.

"심지훈, 제이엠 오빠들 이번 앨범 끝으로 해체한다는 거 진짜야?"

그랬다. 현아가 하룻밤 사이에 삶의 광채를 잃은 건 아이돌 그룹 제이엠의 해체설 때문이었다.

"제이엠 멤버들 전원이 입대를 앞둔 상황이기도 하고, 대중의 관심도 제이엠의 소속사 후배인 티로드에 쏠린 상태라 해체설을 내보내기 적당한 타이밍이긴 해."

파파라치 꿈나무답게 심지훈은 냉정했다. 녀석은 연예인들의 은밀한 파파라치 컷을 국가정보원에 팔아넘겨서 억대 연봉을 달성하겠다는 빅 픽처를 품고 살았다. 정재계에서 굵직한 사건이 터질 때마다 국정원 측에서 대중들의 눈가림용으로 연예계 스캔들을 터뜨린다는 속설을 녀석은 정설로 믿고 있었다. 하지만 지훈이는 아직 고성능 카메라를 구하지 못해서 파파라치 세계에 본격적으로 뛰어들지는 못하고 있었다.

"똥물에 튀겨 죽일 소속사 놈들! 우리 오빠들 덕에 사옥도 지었으면서 어떻게 이래? 우리 오빠들 해체하면 나 무슨 낙으로 살아?"

"야, 호칭 좀 수정할 때도 되지 않았냐? 낼모레 서른인 사람들한테 오빠 소리가 나오냐? 제대하고 나면 완전히 아저씨일 텐데."

"막말하지 마! 우리 오빠들은 절대 아저씨 안 될 거니까."

현아가 발끈했다.

"이 무슨 참신한 개소리냐? 나이가 들면 사람은 누구나 아저씨, 아줌마가 되는 거야. 그리고 이건 강현아 너한테만 특별히 해 주는 얘기니까, 잘 들어."

지훈이가 갑자기 목소리를 낮추었다.

"오늘자 정통 찌라시에 따르면 제이엠의 비주얼 센터 A군은 여덟 살 연상 유부녀 사업가 B 씨와 깊은 사이래. 또 B 씨의 남편 C 씨는 A와 B의 부적절한 관계로 정신적 고통을 받았다며 엄청난 규모의 정신적 피해 보상 소송을 준비 중이래. 지난주부터 포털 게시판에 제이엠 해체설이 돌기 시작한 것도 그 때문이라는 설이 있어. 이번 주 제이엠 소속사 아론컬처 엔터테인먼트 주가가 폭락한 것도 그 여파가 아닐까 싶고. 가슴에 손을 얹고 생각해 봐. 제이엠을 향한 강현아의 팬심은 이 모든 악재를 거뜬히 이겨 낼 만큼 단단한지."

현아는 선뜻 대답을 못 했다. 제이엠의 비주얼 센터라면 공영기 오빠가 분명했다. 공영기는 적어도 다섯 살 이상 차이 나는 누나들만 여자로 본다는 폭탄 발언으로 유명한 멤버였다. 그렇다 보니 공영기 팬덤의 여고생들은 노화 촉진에 도움이 되는 트랜스지방, 나트륨 고함량 식품을 일부러 찾아 먹는다는 우스갯소리까지 돌았다. 현아도 공영기 개인 팬덤 소속이었다. 노화 촉진 식품을 따로 찾아 먹지는 않지만, 팬미팅이나 공개 방송 방청 때마다 엄마 옷장을 뒤적거리곤 했다. 트위드 재킷에 가짜 진주 목걸이, 꽃무늬 자수 카디건에 A라인 스커트 등 중년 여성 스타일까지 불사하던 현아였다. 하지만 공영기에겐 이미 연상의 애인이 있었다.

지훈이는 현아의 어깨를 두드려 주었다.

"심적 타격이야 있겠지만 너도 알 건 알아야지. 오늘부로 제이엠과 강현아 사이에는 건널 수 없는 강이 놓인 거야. 부디 제이엠은 그분들에게 맡기고, 넌 새로 정붙일 신인 아이돌이나 찾아봐. 파이팅!"

"그분들이라니?"

"내 아이돌이 사회적 물의를 일으켜도 인기가 곤두박질쳐도 끝까지 팬덤을 지킨다는, 의리파 일본 아주머니들 말이야."

하루 종일 맘이 널을 뛰었다. 지훈이의 충고대로 풋풋한 신인 아이돌을 골라서 팬심의 새싹을 배양해 볼까 싶다가도 지난 5년 간 현아의 일상에 촘촘하게 박혀 있던 제이엠의 흔적을 도려낼 자신이 없었다. 별거 중인 줄로만 알았던 엄마 아빠가 이혼 절차를 마무리했다는 사실을 알아 버린 날에도 현아는 제이엠의 노래를 듣고, 공영기 팬카페의 'To 공영기' 게시판에 비밀 편지를 쓰며 견뎠다.

영기 오빠, 앞으로 뭘 어떡해야 할지 모르겠어요. 아빠는 떠났고, 엄마는 말이 없어졌어요. 가끔 전화로 이모랑 수다를 떠는 걸 보면 말이 없어진 게 아니라 저랑 말하는 게 싫어진 것 같기도 하고요. 앞으로는 오빠를 제 가족이라 생각하고 어쩌고저쩌고……

물론 편지글을 올린 지 몇 달이 지나도록 글의 조회 수는 0이었고, 이제는 새 글들에 떼밀려 어디 있는지 찾을 수도 없게 되었다. 그나마 위안이라면 다른 편지글들의 조회 수도 0이라는 사실이었다. 영기 오빠는 그토록 공평한 사람이었다. 누구 편지는 읽어 주고 누구 편지는 안 읽는 치사한 부류가 아니었다.

저녁나절 현아는 제이엠 해체 기념 엽기떡볶이를 사 주겠다는 지훈이의 호의를 뿌리치고 서둘러 학원으로 갔다. 영어 학원 모의 토플 시험이 있는 날이기도 했지만, 별일 없는 날에도 현아는 학원 시간을 칼같이 지키며 살아왔다. 땡땡이 같은 건 생각한 적도 없었다. 언제 어디서든 제이엠 오빠들 이름을 부끄럽게 하거나 욕되게 하지 말 것! 제이엠의 팬이라는 가슴 뻐근한 자부심이 현아를 자기 검열에 엄격한 사람으로 만들었던 것이다.

하지만 오늘부로 자기 검열의 근간이 흔들리기 시작했다. 몸에 밴 관성대로 학원에 오긴 왔으나 제이엠이 해체를 하느니 마느니 하는 마당에 토플이 다 뭐란 말인가. 땅이 꺼져라 한숨만 나왔다. 지훈이는 현아와 제이엠 사이에 건널 수 없는 강이 있다 했다.

"건널 수 없는 강…… 건널 수 없는……."

불현듯 어릴 적에 읽었던 불후의 명작 『멀긴 먼 나라』 이탈리아 편의 한 장면이 떠올랐다. 갈리아 원정을 마치고 돌아온 카이사르 앞을 도도히 흐르던 루비콘강. 말고삐를 틀어쥔 채 깊은 고뇌에 빠진 카이사르…….

"건널 수 없긴 뭐가 없어!"

현아는 가방을 움켜쥐고 학원을 뛰쳐나갔다.

주사위는 던져졌다. 카이사르는 루비콘강을 건넜고, 현아는 미세먼지 주의보가 내려진 서울 도심을 가로질러 아론컬처 엔터테인먼트로 향했다.

사옥 앞에는 이미 수백 명의 팬들이 모여 있었다. 해체설을 듣고 전국 각지에서, 멀리 일본과 인도네시아, 브라질 등지에서 날아온 팬들이었다. 제이엠은 사옥 외부의 전광판에서도 자취를 감추었다. 그동안 제이엠은 자타 공인 아론컬처 엔터테인먼트의 대표 아이돌이었다. 이런저런 정황으로 보아 해체설은 사실인 듯했다.

"오빠들, 가지 마!"

건널목 쪽에 있던 팬이 소리를 지르며 오열했다. 그게 신호탄이 되어 아론컬처 엔터테인먼트 일대는 연령과 국적을 초월한 울음바다가 되었다. 현아도 꺽쉰 소리로 오빠들의 이름을 외쳤다.

그때였다. 30대로 추정되는 오렌지색 카디건 차림 남자가 아론컬처 엔터테인먼트 사옥 울타리에 침을 뱉으며 뇌까렸다.

"아, 시바, 빠순이들! 부모가 뒈졌나, 왜 질질 짜고들 난리야?"

남자 아이돌 그룹 팬 5년 차, 온갖 종류의 악플이나 비방, 모욕에는 어지간히 굳은살이 박인 현아였다. 가끔은 여자 아이돌 팬덤의 아저씨들조차도 그런 소리들을 해 댔으니까. 부모가 뼈 빠지게 번 돈으로 연예인 먹여 살리는 것들, 할 줄 아는 건 음원 스트리밍밖에 없는 급식충들, 아이돌이 그렇게 좋으면 군대나 대신 가라 등등. 하지만 현아는 늘 의연하게 참아 넘겼다. 조목조목 되받아칠

멘트야 얼마든지 있었으나 제이엠 팬이라는 자부심으로 웃어 넘겼다. 인기 절정 아이돌의 팬이기 때문에 감내해야 할 왕관의 무게라 생각했던 것이다.

하지만 오늘은 달랐다. 갑작스러운 제이엠 해체설로 현아의 고매한 인격마저 해체되기 일보 직전이었다.

"아니, 저 똥색 카디건이 돌았나?"

실밥이 뜯어진 봉제 인형처럼 속에 든 말들이 보풀거리고 나왔다. 인격이 해체된 건 현아만이 아니었다. 오렌지색 카디건은 두 번째 가래침 덩어리로 하얀색 비니를 쓴 여자애의 소매를 명중시켰다.

"아저씨! 이게 뭐예요?"

여자애가 소매를 털며 소리쳤지만 오렌지색 카디건은 픽 웃었다.

"그러니까 비키라고, 이년아!"

"아저씨, 지금 말 다했어요?"

"다했다, 어쩔래?"

오렌지색 카디건은 겁을 주려는 듯 손을 치켜들었다. 하얀색 비니 근처에 있던 현아는 저도 모르게 두 손을 오렌지색 카디건 쪽으로 내뻗었다. 오렌지색 카디건은 어디 트럭에라도 받친 것처럼 휙 솟구쳐서 10미터쯤 날아갔다. 다행히 근처 주꾸미 전문점의 풍선 입간판에 부딪쳐서 목숨을 건졌다. 행인들 몇이 비명을 지르며 오렌지색 카디건을 에워쌌다. 모든 게 순식간에 벌어진 일이었다.

오밤중 다이버

제이엠의 해체설은 사흘 만에 포털 사이트 연예 뉴스 메인에서 사라졌다. 환호성이 쇠락과 잊힘으로 바뀌는 데는 사흘이면 충분했다. 현아의 일상은 이가 두어 개 빠진 잇몸처럼 휑했다. 혀가 빈 잇몸을 더듬듯 현아는 음원 사이트 실시간 순위를 확인하고, 팬카페를 들락거리고, 제이엠의 휴대폰 광고판이 있던 지하철 역사를 오르내렸다. 하지만 제이엠의 흔적은 시시각각 지워지고 있었다. 최신곡이 음원 차트에서 사라지고, 동네 지하철 역사 광고판은 신인 여자 아이돌이 꿰차고 있었다. 현아는 공기마저 헛헛해져 가는 거리를 쏘다니며 조금씩 울었다.

제이엠 해체 나흘째. 현아는 마침내 현실을 받아들이기로 하고, 학교가 끝나자마자 아론컬처 엔터테인먼트 사옥을 찾았다. CD와 공영기 포토 카드, 브로마이드, 캐릭터 키홀더, 응원봉 등 그간 모은 굿즈들을 제이엠에게, 안 되면 회사 측에라도 돌려주려는 것이었다. 물론 아론컬처 엔터테인먼트가 굿즈 상자를 받아 줄 리는 없으므로 현아는 항의 차원에서 사옥 앞에 상자를 두고 올 생각이었다. 하지만 문제는 현아와 비슷한 생각을 가진 팬들이 족히 수십 명은 된다는 것이었다. 이미 사옥 앞에는 버려진 상자들이 나뒹굴었고, 아론컬처 측 경비들과 실랑이를 벌이는 팬들도 있었다. 현아는 쉽게 가기로 했다. 굳이 경비들을 뚫고 사옥 정문으로 갈 이유가 뭐란 말인가. 현아는 사옥이 올려다 보이는 그 자리에 상자를 툭 내려놓고 돌아섰다.

돌아오는 길에는 이어폰으로 개그맨들이 진행하는 팟캐스트를 들었다. 5년 가까이 강박적으로 제이엠의 음악만 듣다가 조곤조곤 사람들의 말소리를 듣고 있으려니 세상의 기후가 달라진 것 같았다. 무풍지대에 5년간 갇혀 지내다가 바람이 불고 빗방울이 떨어지는 들판으로 나선 기분이었다. 불과 며칠 전까지만 해도 자신과 상관없는 일에는 감각 세포를 거의 쓰지 않던 현아였는데, 이제는 거리의 불빛과 지나치는 사람들의 표정이 눈에 들어왔다. 지하철 안에서 웬 노인과 임신부의 실랑이에 눈길이 간 것도 그래서였을 것이다.

노인은 발끝으로 임신부의 스커트 자락을 건드리고 있었다. 현아는 이어폰을 뽑고는 두 사람 근처로 자리를 옮겼다.

"아래위도 모르는 게 애 가진 유세는! 임신이 벼슬도 아니고."

그러자 곁에 있던 중년 남성이 노인과 임신부 사이를 비집고 들어갔다.

"그만하시죠! 원래 임신부 앉으라고 만든 자리입니다."

하지만 노인은 중년 남성에겐 눈길도 주지 않고 집요하게 임신부를 물고 늘어졌다.

"너, 내가 우습냐? 어른이 우스워?"

현아는 주춤주춤 몸을 틀었다. 자기도 모르게 노인의 가슴을 겨냥하며 손을 뻗을 각도를 맞추었다. 그러고는 탓! 노인은 사람들 머리 위로 붕 솟구쳐서는 객차 끄트머리 쪽으로 날아갔다. 객차 천정을 훑으며, 비명을 질러 대는 사람들 머리 위에서 배영을 하듯 허우적거리며…… 객차 사잇문 앞에 떨어진 노인은 꿍꿍 앓는 소리를 하는 와중에도 범인을 지목했다. 저 애 밴 여자가 자기를 떠밀었노라고 소리를 질러 대는 것이었다. 하지만 때마침 환승역에서 밀려드는 인파에 노인의 목소리는 지워지고 말았다.

무작정 내린 환승역사에서 현아는 제 손을 뚫어져라 보았다.

"너네들 뭐냐? 존나 멋지잖아."

사실 사흘 전, 오렌지색 카디건이 주꾸미 가게 입간판 쪽으로 날아갔을 때만 해도 현아는 제 손과 그 희한한 공중부양 사건 사이의 상관관계를 알아차리지 못했다. 분명 현아의 손끝과 오렌지색 카디건 사이에는 1미터 정도의 물리적 공간이 있었고, 현아는 오렌지색 카디건의 보풀 하나도 건드리지 않았으니까. 그래도 혹시나 하는 마음에 허공을 향해 다시 손을 뻗어 보기도 했었다. 당연히 아무 일도 일어나지 않았고, 현아는 일말의 의구심도 남겨 두지 않았던 것이다.

하지만 방금 전 지하철에서 노인을 날려 버린 건 분명히 현아였다. 그렇다고 해서 현아는 스스로를 초능력자로 섣부르게 단정 짓지 않았다. 현아 사전에 대충대충 얼렁뚱땅은 없으니까. 제이엠이 경쟁 아이돌 그룹 랩소의 안무를 일부 베꼈다는 의혹이 제기되었을 때, 현아는 두 그룹의 안무를 동작별로 도표화하여 표절설을 조목조목 반박한 적이 있었다. 현아가 '공영기 호크룩스'라는 닉네임으로 올린 그 도표는 지금도 아이돌 팬덤의 전설로 남아 있다. 현아는 그런 아이였다. 현아가 확신하는 건 노인을 날려 버린 힘이 제 손에서 뿜어져 나왔다는 사실과, 그 힘이 사흘 전 아론컬처 엔터테인먼트 사옥 앞에서 오렌지색 카디건을 날려 버린 힘이기도 하다는 사실이었다.

열일곱 살 먹도록 현아는 물리 법칙과 상식 바깥으로 나가 본 적이 없었다. 말하는 토끼를 쫓아가다 이상한 나라로 굴러떨어진다거나 벽장 옷 무더기를 비집고 들어가서 사자 왕을 알현하는 일 따위는 없었다. 또 밤마다 편의점에 가느라 뻔질나게 어두운 골목을 오갔는데도 조상님이나 신령님, 처녀귀신과 옷자락조차 스친 적이 없었다. 하지만 지하철 사건은 그 힘의 출처가 현아라는 걸 증명해 주었다. 두 차례의 경험은 부정할 수 없는 실재였다.

급히 집으로 돌아간 현아는 힘의 속성을 연구하기 시작했다. 꼬리에 꼬리를 무는 구글링을 통해 현아는 마침내 그 힘의 일반적인 명칭을 찾아내고야 말았다.

장풍!

손바닥으로 바람을 일으켜 상대를 타격하는 무협 기술! 놀랍게도 세상에는 장풍 도사를 자처하는 사람들이 여럿 있었다. 그중에는 아예 장풍 연구소를 차려 놓고 활동하는 무인들도 있었다. 장풍에 대해 연구하면 할수록 현아는 그 위력에 몸서리쳤다. 그건 손 안 대고 코 풀기 같은 저급한 기술과는 차원이 달랐다. 털끝 하나 건드리지 않고도 상대를 날려 버리는 기술이니까.

현아는 저녁도 거른 채 연구에 몰두했다. 집에 있는 봉제 인형들을 식탁 가장자리에 줄줄이 늘어놓고는 3미터 정도 물러서서 두 손에 정신을 집중했다. 오렌지색 카디건과 노인을 날려 버린 그 힘이 되살아나길 기대하며…….

"얍!"

그러나 인형들은 꿈쩍도 하지 않았다. 수차례 반복해도 결과는 같았다. 장풍은 재생될 기미가 없었고, 어깨와 손목만 뻐근해졌다. 결국 현아는 실험 결과에 충실한 1차 결론을 내렸다. 나 강현아는 우연히 장풍 기술을 두 번 썼을 뿐이다! 그건 태권도를 배운 적도 없는 사람이 절체절명의 순간에 뒤돌려 차기를 성공한 사례나, 태어나서 벤치 프레스 한번 해 본 적 없는 아기 엄마가 아이를 구하기 위해 차를 번쩍 들어 올린 경우와 비슷한 것이다.

현아는 연구를 계속했다. 장풍에 관한 연구는 부처님 손바닥 권법으로 알려진 '여래신장권법'에 대한 연구로 이어졌고, 1990년 개봉작 〈무림지존〉이라는 홍콩 영화로 넘어갔다. 1990년……. 현아가 태어나기 십여 년 전, 그러니까 대학 캠퍼스 커플이던 엄마 아빠가 장밋빛 미래를 그리던 시절에 나온 영화였다. 훗날 두 사람이 서로의 이름조차 입에 올리기 싫어하는 이혼 부부가 되어, 열일곱 살짜리 딸을 다세대 주택 3층에 혼자 살게 하리라곤 상상조차 못 하던 시절의 낡은 필름이었다.

〈무림지존〉의 주인공은 아치와 아페이라는 두 친구였다. 둘은 우연히 어느 동굴에서 대환단이라는 묘약을 먹고 무공을 얻게 된다. 줄거리 검색 정도로만 끝내려던 이 영화를 현아가 다운받아 본 것도 바로 이 설정 때문이었다. 평범하디평범한 사람들이 똥처럼 생긴 묘약을 주워 먹고 무공을 얻었다니! 현아는 그 지점에서 무릎을 쳤다. 일찍이 우리 조상님들도 신상에 급한 변화가 생긴 사람을 두고 이리들 말씀하시지 않았던가.

'저 새끼 저거 오늘 뭘 잘못 처먹었나? 왜 저래?'

현아는 〈무림지존〉의 도입부를 수차례 돌려 보며, 길고 골똘한 불면의 밤으로 들어섰다. 혹시 나도 뭘 잘못 먹었던 게 아닐까, 속으로 되짚어 보며 대환단이라는 묘약이 불러일으킨 대환장 서사 속으로 빨려 드는 것이었다.

현아가 영화에 빠져 있던 그 시각…….

시뮬레이션 지구의 동북아시아 대한민국 서울 왕십리 동흔동 주민 센터 앞.

허여멀건한 덩어리 하나가 폐건전지 수거함 옆에 웅크리고 있었다. 사람이었다. 정확히 말하면 이제 막 시뮬레이션 지구로 다이빙해 들어온 설계자 미카였다.

미카는 온몸을 에워싼 옅은 전류에 몸을 떨었다. 다이빙 순간 미카의 몸을 보호하던 전류가 사라지자 온몸의 솜털이 곤두섰다. 지구의 서늘한 대기가 실오라기 하나 걸치지 않은 미카의 몸을 마구 훑고 지나갔기 때문이다. 땅바닥에 구부리고 있던 미카는 천천히 몸을 일으켰다.

"저거 미친놈 아니야?"

밤 산책을 나온 행인 1이 손가락질을 했다. 좀 더 침착해 보이는 행인 2가 미카를 아래위로 훑어보며 대꾸했다.

"〈터미네이터〉 덕후 같은데? 왜 〈터미네이터 2〉 명장면 있잖아. 미래 세계에서 막 도착한 T-800이 딱 저렇게 알몸으로 웅크리고 있다가 서서히 일어나는 장면."

이윽고 몸을 곧추세운 미카가 행인들에게 물었다.

"여기가 차붐의 나라입니까?"

그러자 행인 1이 행인 2에게 수군거렸다.

"미친놈 저거 차범근 덕후 같은데?"

그랬다. 미카의 첫마디는 2002년 한일 월드컵 당시 독일 축구 대표 팀 발락 선수가 인천 공항에 도착하자마자 날린 것으로 유명한 멘트였다. 물론 항간에는 취재진이 "두 유 노우 차붐?" 하며 먼저 들이댔다는 소문도 있었다. 어쨌거나 미카에게 이 나라는 차붐의 나라였다. 사실 미카는 지난번 제3의 지성체 프로그래밍 수행 평가 때 지구의 축구 선수들 데이터를 백업한 적이 있었다. 차범근을 비롯하여 유명 축구인의 데이터를 수집한 다음, 축구를 중심으로 돌아가는 문명과 지성체를 설계했던 것이다. 그런데 시뮬레이션 결과에 문제가 좀 있었다. 극성 홀리건들이 난동을 부리는 바람에 축구 경기가 중단되기 일쑤였다. 고심 끝에 미카는 최배달의 데이터를 가미한 지성체를 설계하여 홀리건들을 제압하게 했다. 물론 그 일로 시뮬레이션 지구에 다이빙하게 될 줄은 꿈에도 몰랐지만 말이다.

행인들은 덕후 복합체로 추정되는 벌거숭이를 버려두고 떠났고, 미카는 어둠 속에서 눈을 희번덕거렸다.

"이 근처에 오류X가 산다는 거지?"

오늘부터 지낼 숙소가 어디인지는 알고 있었다. 다이빙하기 전에 파견처 설계자들이 공들여서 거점을 세팅해 주었던 것이다. 한양대 앞 퇴계 고시텔. 담당 설계자가 읊어 준 바에 따르면 2호선, 5호선, 신분당선 등 지하철 접근성이 좋고 왕십리 민자 역사와 가까워 각종 편의 시설 이용이 용이하고, 살곶이 공원과 서울숲 공원이 근처에 있어서 삶의 질이 높다는 고시텔이었다.

미카는 아쉬운 대로 어느 다세대 주택의 옥상 빨랫줄에서 옷을 걷어 입었다. 목격자가 없다는 걸 확인한 뒤 곧장 옥상으로 공간 이동을 한 것이다. 골목 구석구석 CCTV들이 설치돼 있지만 상관없었다. 미카가 일을 마무리하고 시뮬레이션 세계를 벗어나면 미카에 대한 정보들은 순식간에 사라지게 돼 있다.

다행히 옷은 부들부들하니 살갗에 닿는 느낌이 좋았고, 미카는 가벼운 걸음으로 고시텔로 들어섰다.

"손미카, 이제 오냐?"

3층 복도에서 창문 잠금 장치를 손보던 총무가 알은체를 했다. 파견처 설계자들이 고시텔 총무의 머릿속에 미카에 관한 데이터를 이식해 둔 것이었다. 원래 인간에게 인공 기억을 심는 일은 설계자들에게도 무척이나 까다로운 작업이다. 한 인간을 둘러싼 복잡다단한 인간관계망을 다 건드려야 하기 때문이다. 그렇지 않으면 오류가 발생하기 십상이다. 예를 들어 A의 기억 속에 '초등 동창생 B'에 관한 기억을 심으려면 A의 실제 초등 동창생 C, D, E, F의 기억들도 일부 손봐야 하는 식이다. 하지만 퇴계 고시텔 총무의 경우는 인공 기억 이식 작업이 비교적 수월했다. 그는 동창들이나 친척들과 교류가 끊긴 6년 차 공시생이었던 것이다.

　"넌 옷 꼬라지가 그게 뭐냐?"

　총무는 미카를 아래위로 훑고는 지나쳐 갔다.

　미카는 목이 늘어난 검정 반짝이 티셔츠에 작약꽃이 큼지막하게 그려진 일 바지 차림이었다. 이때만 해도 미카는 훗날 작약꽃이 불러올 엄청난 파장을 짐작조차 못 했다. 제아무리 설계자라 해도 시뮬레이션 세계의 미래를 내다보는 능력은 없었다. 이곳은 인간의 자유 의지와 그로 인한 수만 가지 변수들이 지배하는 영역이었다.

　퇴계 고시텔 304호로 들어간 미카는 흡족한 눈으로 실내를 둘러보았다. 깔끔하게 다려진 교복과 교과서, 돈 들고 줄 서도 구하기 힘들다는 한정판 아디다스 이지부스트 운동화, 현금이 보관된 미니 금고까지, 파견처 설계자들이 모든 걸 갖춰 놓았기 때문이다.

생명체에 관한 것이 아닌 생활 조건들은 설계자들이 외부에서 조정 가능했다.

오류X와 대면하기 하루 전. 오류X의 이름이 강현아랬지? 며칠 전까지만 해도 꿈도 꾸지 못했던 일이다. 인간 세계로 다이빙하고, 엎어지면 코 닿을 데서 인간을 관찰, 감시할 줄이야. 따지고 보면 이 세계에서 존재값 1을 정찰하는 일에 불과했다. 하지만 이 세계에서 마주친 인간들은 예상보다 훨씬 설계자들과 흡사했다. 이마고 데이(신의 형상)! 행성 지구 지성체를 설계하는 첫 번째 원칙은 그것이었다. 설계자의 형상을 본뜬 지성체를 만들 것. 지금 미카가 느끼는 옅은 긴장감의 이유도 그것이었다. 저 피조물들은 쓸데없이 설계자들을 빼닮았다.

어쨌거나 오류X, 푹 자라. 내일은 이 미카 님을 알현하게 될 테니. 미카는 테디 베어 무늬 차렵이불을 뒤집어쓰고 억지 잠을 청했다.

전학생 미카

오지 않는 잠과 씨름하기는 현아도 마찬가지였다. 흔히들 양을 세면 잠이 온다지만 현아에겐 소용이 없었다. 암만해도 그 방법은 전통적으로 양을 길러 온 민족들에게나 효험이 있는 듯했다. 대신 한민족인 현아는 소를 세기로 했다. 송아지 한 마리, 송아지 두 마리, 송아지 세 마리……. 강원도 횡성군에 있는 한우들을 다 세고, 충남 홍성군 한우들까지 다 세도록 잠은 오지 않았다. 이러다간 경북 영천군의 소들까지 세야 할 판이었다. 결국 현아는 이불을 박차고 부엌 식탁으로 나왔다.

사실 현아도 잠이 안 오는 이유를 알고 있었다. 그건 〈무림지존〉이 남긴 화두 때문이었다. 대환단을 주워 먹은 아치와 아페이처럼 나도 뭘 잘못 먹었던 게 아닐까? 현아는 아론컬처 엔터테인먼트 사건 발생 전에 자신이 뭘 먹었는지 기억해 보았다. 천 명에 육박하는 전교생이 함께 먹는 학교 급식은 일단 배제했다. 혼자 있을 때 먹은 음식들 중에 평소에는 잘 먹지 않았던 음식을 찾아야 했다. 그러던 중 현아는 1차 장풍 사건 발생 이틀 전이 자기 생일이었다는 사실을 기억해 냈다.

생일⋯⋯.

3년 전에 재혼한 아빠는 중국 광저우에 새 터를 잡았고, 전국구 떠돌이 시간 강사인 엄마는 작년부터 대전에 있는 남자 친구 집에서 주로 생활한다. 생일날 아침, 현아는 혼자서라도 생일상을 차려야겠다는 생각에 편의점에서 인스턴트 미역국을 사다 먹었다.

"생일 축하한다, 장차 제이엠과 공영기의 성공한 덕후가 될, 미래가 촉망되는 강현아!"

누가 들을까 겁나는 자축 멘트와 함께 전날 남은 밥을 호기롭게 국에 말았다. 하지만 그 아침의 미역국에선 비리고 짜고 먹먹한 맛이 났고, 현아는 반도 못 먹고 숟가락을 내려놓았다.

현아는 두 차례의 장풍 사건을 떠올리며 고개를 끄덕였다. 아마도 장풍은 맛이 고약한 미역국 때문이었으리라. 유난히 텅 빈 것 같던 식탁에서 생일 미역국을 잘못 먹은 여자아이는 위험한 존재가 되었다. 상처받은 소녀에게서 돌연 괴력이 튀어나온다는 설정은 소설과 영화의 단골 소재가 아니던가.

그리고 우연한 능력은 이제 자취를 감추었으리라. 나름의 결론에 도달했는데도 현아는 속이 후련해지지 않았다. 외려 일주일 전에 먹은 미역국 맛이 혀끝에 감돌면서, 17년 인생이 평소 체감하던 것보다 더 외로웠다는 자각에 이르렀다. 지난 인생에 얼음 결정처럼 촘촘히 박혀 있는 알갱이들이, 그 차갑고 자잘한 이물질들이 오늘따라 현아를 잠 못 들게 했다. 괜히 눈물도 났다. 한우들을 모조리 다 세고 멀리 뉴질랜드 양 떼까지 다 세어도 잠들 수 없는 새벽이었다.

아침 8시 50분.

전학생 손미카가 1학년 6반에 들어섰을 때 현아는 책상에 엎드려 있었다. 담임이 영국에서 온 전학생 어쩌고 하는 소리가 들렸고, 전학생이 주절주절 자기소개를 하는 소리도 들렸지만 고개를 들진 않았다. 어차피 학교 친구는 심지훈 하나면 충분했고, 누가 전학을 가건 전학을 오건 현아가 알 바 아니었다. 현아 인생에서 제이엠이 있던 자리는 공석으로 남아 있었다. 이제는 제이엠에게 일말의 미련이 없는데도 그 빈자리로 휑한 바람이 치고 들어왔고, 밑장을 함부로 뺀 젠가처럼 붕괴 직전이었다. 이렇게 엎드려 있자니 컴컴한 지하 감옥에 홀로 갇힌 느낌마저 들었다. 훅훅 숨을 내뱉은 숨결이 감옥 벽면에 축축하게 공명하고 있었다.

"그런데 강현아는 누굽니까?"

전학생이 묻는 소리를 현아가 못 들은 것도 그 때문이었다.

전학생은 쉽사리 현아를 찾아냈다. 아이들의 눈길이 한 사람에게 쏠렸기 때문이다. 교실 뒷문 근처에 엎드려 있는 아이, 그 애가 이 세계의 오류X 강현아였다. 미카는 현아에게로 성큼성큼 걸어갔다. 아이들이 어리둥절한 눈길로 쳐다보았지만 상관없었다. 미카가 이 세계에서 무슨 짓을 하더라도, 미카가 여기를 떠나는 순간 모든 흔적이 지워지게 돼 있었다. 사람들은 미카라는 사람이 있었다는 사실조차 기억하지 못할 것이다. 미카는 자신의 임무를 곱씹었다. 오류X의 일거수일투족을 감시할 것! 오류X로 인한 시뮬레이션 지구의 피해 상황을 조사하고, 오류X가 설계자의 에너지를 사용하는 걸 막을 것!

드디어 현아의 책상 앞.

"강현아!"

미카가 현아의 어깨를 쥐었다.

현아가 부스스한 얼굴로 전학생을 올려다보다 말고 고개를 빼어 담임을 보았다. 이 녀석은 뭔지, 왜 내 옆에 있는지 말해 달라는 제스처였다. 담임도 어깨를 으쓱할 뿐이었다. 1학년 6반에서 그 이유를 아는 사람은 미카밖에 없었다. 하지만 이 시점에서 가장 말문이 막힌 사람도 미카였다.

미카가 듣기로 강현아는 설계자의 에너지와 최배달의 데이터가 이식된 지성체였다. 하지만 현아는 바람의 파이터 최배달과는 눈곱만큼도 닮은 데가 없었다. 미카가 아는 최배달은 우람한 상체에, 감정이 잘 읽히지 않는 얼굴을 가진 무도인이었다. 그래서인지 미카는 현아 또한 그 비슷한 인상이겠거니 짐작했던 터다.

하지만 이 작은 애는 뭐란 말인가?

이마에는 교복 단추 자국이 둥글게 찍혀 있고, 뺨 가장자리를 따라 잔머리가 어수선하게 들러붙어 있는 몰골이라니. 미카는 상한 고기라도 만진 얼굴로 소스라치며 물러났다.

첫 보고

설계자들이 인간의 의식을 설계할 당시 가장 공들인 장치는 '무작위성'이었다. 인간 의식의 기저에 무작위성을 두어서, 어떤 경우에도 기계적 알고리즘으로 인간 의식을 재구성하지 못하도록 한 것이다. 물론 지난 세기에 양자역학에 눈을 뜬 인간들이 물리 세계의 무작위성에 접근하고는 있지만, 인공 의식을 만드는 기술에는 아직 다다르지 못했다.

미카가 설계자 학교 '지성체 기초 설계 이론' 시간에 배웠던 '무작위성'을 떠올린 건 순전히 현아 때문이었다. 강현아는…… 도무지 종잡을 수가 없는 아이였다. 감히 설계자의 에너지인 락싸멘툼을 소유한 것으로 알려진 인간임에도 다방면으로 굉장히 지질했던 것이다. 2교시 체육 시간에는 축구공을 쫓아가다 제 다리에 제가 걸려 자빠졌고, 쉬는 시간에는 친구도 없이 혼자 엎드려 있었다. 1학년 6반에서 강현아에게 말을 거는 인간은 심지훈 하나였다. 하지만 그마저도 신인 아이돌 누구의 폴라로이드 사진이 있으니 얼마에 사라는 둥 금전 거래를 전제한 대화가 대부분이었다.

적어도 표면적으로 강현아는 무해한 존재 같았다. 락싸멘툼을 휘두르며 시뮬레이션 세계의 질서를 교란시킬 애로 보이진 않았다. 4교시가 끝나자마자 미카는 남자 화장실 양변기 칸으로 들어가 문을 걸어 잠갔다. 그러고는 곧장 마포 아론컬처 엔터테인먼트 사옥 근처로 공간 이동을 했다. 현아가 처음으로 락싸멘툼을 사용한 것으로 알려진 장소였다.

락싸멘툼은 시뮬레이션 지구의 과학자들이 '암흑 에너지'라 명명한 팽창 에너지였다. 락싸멘툼은 공간과 공간 사이를 멀어지게 하는 척력이었다. 시뮬레이션 세계는 중력을 기반으로 프로그래밍돼 있다. 인간은 우주가 팽창한다는 사실을 토대로 암흑 에너지의 존재는 유추해 냈지만, 스스로 락싸멘툼을 만들어 내거나 활용하지는 못했다. 중력과 척력을 자유자재로 활용하는 건 오직 설계자만 할 수 있는 일이었다. 그런데 시뮬레이션 세계 안에서, 그것도 먼 우주가 아닌 지성체의 생활 공간에서 인위적인 팽창 에너지가 발생했다는 건 예삿일이 아니었다.

락싸멘툼의 선명한 흔적이 발견된 곳은 사옥 정문 쪽이었다. 정문 우측 화단에서부터 옆 상가 건물 좌측 출입구 부근까지 공간이 팽창해 있었다. 부근을 지나는 인간들은 아무것도 몰랐다. 척력으로 늘어난 공간이 허공이어서 인간의 육안으로는 식별되지 않기 때문이다.

물론 이번 일로 사람이 죽은 것도 아니었고, 시뮬레이션 지구가 대혼란에 빠지지도 않았다. 하지만 락싸멘툼은 설계자 고유의 능력이었다. 설계자들은 시뮬레이션 세계에 지성체가 출연하면 더는 개입하지 않았다. 지성체들이 알아서 지지고 볶으며 문명을 이루고 흥망성쇠를 겪도록 두는 것이다. 인간들도 이미 자각하고 있는 '자유 의지'가 그것이었다. 설계자들은 인간의 자유 의지를 존중했다. 최후의 선만 넘지 않는다면……. 설계자와 시뮬레이션 세계의 지성체를 구분하는 경계선이 바로 락싸멘툼이었다. 그러므로 락싸멘툼을 휘두르는 인간이 있다면 그는 스스로를 탈(脫)인간, 초인, 나아가 설계자로 선언하는 셈이 된다.

미카는 한낮의 마포 거리를 둘러보며 감상에 젖었다. 이 시뮬레이션 세계를 구축하기까지 수천 명의 선배 설계자들이 구슬땀을 흘렸다고 들었다. 설계자들은 진심으로 이 세계의 문명을 사랑했다. 프랑스 시민 혁명이 일어났을 때 설계자들도 빨간색 프리지아 모자를 맞춰 쓰고 시민군을 응원했고, 미국의 링컨 대통령이 노예 해방을 선언할 때에는 서로 부둥켜안고 눈물까지 흘렸다 했다. 미카 역시 자료 화면으로 그 역사적 장면들을 보며 자랐다. 하지만 락싸멘툼은 이 문명을 삽시간에 파괴할지도 모른다. 설계자의 에너지는 애초에 이 문명이 감당할 수 있는 힘이 아니니까.

미카는 마음이 무거웠다. 청소년 설계자들의 수행 평가용 데이터가 어쩌다가 강현아 몸속으로 흘러들어 갔는지는 모르지만, 최배달과 축구 선수들의 데이터를 아무렇잖게 사용했던 설계자 중 한 사람으로서 미카는 책임감을 느꼈다. 그 일을 바로잡기 위해서라도 강현아를 막아야 했다. 겉보기에 위험해 보이지 않는다고 해서 방심하면 안 되었다. 지금 강현아는 그게 뭔지도 모르면서 기관총을 가지고 노는 어린애였다. 그러니 누군가는 그 애를 막아야 한다. 필요하다면 무력을 써서라도…….

급식실로 돌아온 미카는 강현아 바로 앞에 자리를 잡았다.

"전학생, 우리 과거에 만난 적 있냐?"

현아가 테이블에 떨어진 깍두기 하나를 미카 쪽으로 튕기며 물었다.

"그럴 리가."

"그런데 왜 이렇게 질척거려?"

"그냥 이 현실에 익숙해지는 게 좋을 거야. 내가 너를 예의 주시하는 상태가 당분간 지속되리란 뜻이야. 학교에서든 딴 데서든, 낮이든 밤이든……."

말을 마친 미카는 숟가락을 들었다. 처음 먹어 보는 연근 조림은 식감이 실로 끔찍했다.

"네가 갓 전학 와서 뭘 모르나 본데, 나 최근까지 제이엠 비주얼센터 공영기 오빠 팬이었어."

"그게 나랑 뭔 상관인데?"

"상관있지. 내가 공영기 오빠 팬이었다는 사실에서 뭐 느껴지는 거 없냐? 나, 외모 지상주의자야. 남자 볼 때 딱 얼굴만 본다고. 키, 비율, 노래 실력, 학교 성적, 춤 실력, 게임 레벨, 시력 그런 거는 일체 안 보고, 딱 쇄골부터 정수리까지만 본다고. 그런 내가 전학생 너를 좋아할 리가 없잖아.”

말을 마친 현아는 미카의 정수리부터 쇄골까지 수차례 훑어보았다.

“지…… 지금 외모로 날 깐 거야? 이 미카를?”

미카가 뭐에 들이받힌 얼굴로 되물었다.

원래 미카는 밝은 은발에 투명하고 여름한 잿빛 피부, 하늘색 눈동자를 지닌 아이였다. 게다가 웃을 때마다 뾰족한 덧니가 살짝살짝 드러나는 귀여운 인상이었다. 실제로 설계자 학교에선 꽤나 인기가 있는 편이었다. 하지만 설계자의 모습 그대로 시뮬레이션 세계에 등장할 수는 없는 노릇이어서, 설계자들이 미카의 새 얼굴을 세팅해 주었다. 오류X를 밀착 감시 하는 데 용이하도록, 편안한 인상으로 말이다. 그 결과 미카는 동그란 얼굴형에 이마를 가린 바가지 머리, 뿔테 안경을 낀 지금의 얼굴을 얻게 된 것이다.

“그럼 많이 먹어라.”

현아는 제 식판에 남은 연근 조림을 미카의 식판에 옮겨 주고는 일어섰다.

미카의 수난은 거기서 끝나지 않았다. 현아가 사라진 자리에 우르르 남자애들이 몰려왔던 것이다. 그중 하나가 손가락으로 미카의 국을 휘저으며 뇌까렸다.

“전학 오자마자 여자부터 후리고 다닌다는 새끼가 너냐? 쩌리처럼 생겼으면 생긴 대로 놀 것이지. 강현아까진 봐준다만, 5반 윤예지, 8반 정은율, 9반 최아명한테 껄떡대면 그날로 뒈진다!”

남자애는 손가락을 미카의 교복에 문질러 닦은 뒤 애들을 몰고 사라졌다.

5교시 쉬는 시간, 미카는 아이들 몰래 체육 물품 창고에 숨어들었다. 창고 벽을 건드리자 벽면의 일부가 교신용 모니터로 변했다. 미카는 날마다 한 번씩 오류X에 관한 보고를 하도록 돼 있었다.

– 강현아가 락싸멘툼을 사용한 건 확실합니다. 하지만 강현아가 자기 능력을 자각하고 있는지는 아직 알 수 없습니다.

파견처에서 즉시 답이 왔다.

– 수고가 많네, 미카 군. 빈틈없이 감시하도록 하게.

– 최배달 데이터에 관한 부분은 사실 관계를 다시 확인해 주셨으면 합니다. 강현아의 생체 정보 속으로 정말 최배달의 데이터가 흘러들긴 했는지 의문입니다. 강현아는 또래 평균치보다 체구가 작고 팔목도 가늘어요. 정권지르기로 유명한 최배달과는 아주 딴판이에요.

– 알았네. 자료들을 다시 한번 분석해 보도록 하지. 그리고 만에 하나 오류X가 지구 문명에 위험을 초래할 만한 행동을 한다면 일단 자네 편에서 해결하도록 하게. 상황이 급박하니 만큼 보고는 그 다음에 해도 되네.

– 제 편에서 해결하라니요?

– 최악의 경우 자네가 오류X를 제거해야 한다는 말이네.

– 제거라면…….

– 오류X를 그 세계에서 소멸시키는 거지. 숨통을 끊으란 얘기야.

삼세판

하교 후 지훈이가 현아를 따라왔다.

"너, 바로 과외 있는 날이잖아."

"오늘은 집에 데려다줄게."

"왜?"

"제이엠 해체를 너무 안일하게 생각했어. 네가 이렇게 힘들어할 줄은 몰랐거든. 요즘 학교에서 계속 엎드려 있잖아. 딴 사람이면 모를까 범생이 강현아가 그러니까 눈에 띈다고. 쉬는 시간마다 귀에 이어폰 딱 꽂고 수학 문제집 풀면서 재수 없게 굴어야 강현아지. 나랑 제이엠 이야기 주고받을 때 빼놓고는 인간미라곤 1그램도 없는 녀석인데 말이야."

"나 이제 괜찮아. 제이엠 오빠들 잊었어. 한때 추억이지, 뭐."

현아의 대답은 반은 진실, 반은 거짓이었다.

현아는 정말로 제이엠을 잊었다. 길에서 제이엠이 모델로 활동했던 프랜차이즈를 보거나 공영기의 얼굴을 떠올려도 무덤덤했다. 하지만 현아는 괜찮지 않았다. 제이엠을 걷어 낸 맨땅에서 삶의 비극성을 봐 버린 것이었다. 지난 5년간 제이엠은 현아의 불행을 가려 주는 위장막이었다. 이제 현아는 속수무책으로 슬펐다. 그건 지훈이가 어떻게 해 줄 수 있는 부분이 아니었다.

"나 진짜 괜찮으니까 과외 하러 가."

"이건 내 문제이기도 해. 아이돌 전문 파파라치로서 내가 너무 무능한 탓이니까. 그래서 결심했어. 너한테 딱 맞는 신인 아이돌을 찾아 주기로. 후보군은 이미 선정해 뒀어. 요즘 들어 센터 제이의 실물에 관한 찬양 글이 심심찮게 눈에 띄는 팁트리키즈, 네가 연하를 좋아할지 어떨지는 모르지만 실력으론 적수가 없다는 평을 받는 평균 나이 열네 살의 중딩 그룹 파센트라이얼, 일본 남자도 괜찮다면 눈여겨볼 만한, 일본인 네 명과 한국인 두 명으로 구성된 케이제이파크! 나 이따가 김포 공항 갈 거야. 케이제이파크가 일본 쇼케이스 마치고 오늘 오거든. 실물 느낌 물씬 풍기게 찍어서 보여 줄게."

지훈이가 휴대폰을 흔들며 웃었다. 하지만 이내 땅이 꺼져라 한숨을 쉬며 액정에 금이 간 구형 폰을 만지작거렸다.

"암튼 내 맘은 그렇다고. 그러니까 너 바래다줄 거야. 미친 전학생이 너 따라다니는 것도 맘에 걸리고."

말을 마친 지훈이는 서너 발짝 떨어진 채 따라오는 미카를 가리켰다. 현아는 픽 웃었다.

"쟤? 신경 쓰지 마. 나 이 동네 지박령 강현아야. 우리 동네 골목길은 구글 맵보다 빠삭하다고. 지금이라도 맘만 먹으면 저기 사거리 건너기 전에 쟤 따돌릴 수도 있어. 관상도 어수룩하잖아. 좀 성가셔서 그렇지 위험한 애는 아니야."

"강현아, 사람은 겉모습만 봐선 모르는 거야. 저렇게 풀만 뜯어 먹게 생긴 놈들이 알고 보면 길고양이 연쇄 토막 살해 하고, 막 대학생 누나들 속옷 훔치고 그런 법이라고."

그때였다. 누군가 골목 담장 위에 올려 둔 삼선 슬리퍼 한 짝이 현아의 눈길을 사로잡았다. 현아는 제 손바닥을 내려다보았다. 장풍의 손맛이랄까, 표적을 순식간에 날려 버리던 그 힘이 문득 그리웠다. 현아는 삼선 슬리퍼를 노려보며 손바닥을 마주 비볐다. 그러고는 탓! 삼선 슬리퍼는 그 자리에 멀쩡히 있었다. 사실 현아는 장풍을 쏠 기회도 없었다. 손을 제대로 뻗지도 못했으니까. 언제 왔는지 미카가 현아의 손을 움켜쥐었던 것이다.

"시발, 전학생 너 뭐야?"

지훈이가 달려와서 미카를 떠밀었다. 하지만 미카는 꿈쩍도 하지 않았다.

"강현아, 경고하는데…… 이런 일 앞으로는 꿈도 꾸지 마."

미카는 현아의 손을 천천히 놓아 주었다.

"전학생 손미카……."

현아는 일이 흥미롭게 돌아간다는 얼굴로 미카를 보았다.

"지훈아, 너 그냥 가. 나 이제 얘가 왜 이러는지 알 것 같으니까. 네가 걱정할 만한 일은 없을 거야. 다음에 다 이야기해 줄 테니까,

넌 김포 공항으로 가. 그 한일 합작 아이돌인지 뭔지 걔네들 사진 좀 찍어다 줘. 비주얼 센터 중심으로.”

“하지만 강현아…….”

“잊었어? 나 공영기 호크룩스라 불리던 강현아야. 내가 작정하고 덤비면 얼마나 치밀해지는지 알잖아. 그러니까 걱정 말고 가서 네 일 해.”

지훈이를 돌려보낸 뒤 현아는 말없이 걷기만 했다. 물론 미카도 따라붙었다. 사거리를 지나고, 갖은 육수 냄새가 고여 있는 먹자 골목을 지나 주택가로 접어들었다. 드디어 인적 뜸한 골목. 현아는 확 뒤돌아서며 미카를 향해 손을 뻗었다.

“헛!”

미카는 몸을 날려 골목에 나뒹굴었다. 물론 현아의 손바닥에선 장풍 같은 건 나오지도 않았다. 현아는 그저 머릿속에 떠오른 의구심을 증명하고자 장풍을 쏘는 시늉만 했을 뿐이다.

“강현아, 경고했잖아. 그딴 짓 관두라고!”

미카가 재킷과 바지를 털며 다가왔다.

“역시…… 예상대로야. 정말 얼토당토않은 일이긴 하지만.”

현아는 미카에게 바특하게 다가섰다.

“전학생, 넌 세 번째 증거야.”

“증거라니?”

“내 인생이 좀 수상쩍게 전개된다는 증거. 내가 최근에 아주 희한한 경험을 두 번 했거든. 물론 방금 전까지 그 일은 이 세상에서 나만 아는 비밀이었지. 그런데 방금 네 반응을 보고 확신을 갖게 됐어. 너, 삼세판 알지? 영국에서 살다 와서 모르나? 어떤 승부건 딱 세 번만 겨뤄 보면 승자가 정해진다는, 일종의 룰 같은 거야. 3은 언제나 뭔가를 완벽하게 증명해 내는 숫자거든. 잘은 모르지만 살인 사건도 같은 패턴으로 세 번 반복되면 연쇄 살인일걸?"

"그래서? 내가 네 인생이 수상하다는 증거란 거야?"

"빙고. 넌 내 손바닥에서 벌어진 일을 알고 있어. 내가 손만 뻗어도 호들갑스럽게 반응하는 것도 그래서지? 손미카, 너 누구야? 너도 혹시 그런 능력이 있는 거야? 전학 오자마자 내가 능력자라는 걸 한눈에 알아본 거야? 난 또 내가 뭘 잘못 먹고 이상해진 줄 알았는데, 그게 아니었어. 세상에는 그런 능력이 존재하는 거야. 하나의 팩트로!"

현아는 눈을 반짝거리며 말을 이었다.

"아, 젠장! 인생 텅텅 빈 것 같더니 이렇게 또 깨알 같은 반전이 생기네. 사실 제이엠 오빠들 해체된 뒤로 인생이 무너지는 느낌이 었거든. 제이엠 오빠들은 나한테 전자레인지로 치자면 마그네트론, 냉장고로 치자면 컴프레서, 컴퓨터로 치자면 CPU 같은 존재였거든. 내 존재를 지탱하는 핵심 부품이었달까. 그런 제이엠이 사라지고 나니까 인생이 흐물흐물해지는 것 같았어. 그런데 그 능력이 생긴 거야. 강현아 인생의 새로운 핵심 부품이 돼 줄 힘이! 손미카, 넌 어떨지 모르지만 나 지금 조금 흥분돼. 무척추동물에서 척추동물로 순식간에 진화한 느낌이랄까? 힘이 난다고!"

현아는 신발주머니를 저만치 휙 던지고는 방방 뛰었다.

"알아들었으니까 일단 목소리 좀 낮추지."

미카는 현아가 던진 신발주머니를 주워 들었다.

미카는 이 예측 불가능한 흐름의 대화가 싫었다. 인간 의식의 무작위성은 이 문명에 설계자들이 개입하지 않겠다는 선언 같은 거였다. 미카는 현아의 의식 밑바닥에서 굼실대는 무작위성이 피곤했다. 왜 옛날 설계자들은 이 세계의 지성체를 이따위로 설계했단 말인가. 무작위성은 인간 자유 의지의 근원이었다. 또한 이 문명에서 벌어진 비합리적인 참상들의 시발점이기도 했다.

"전학생, 너 존나 허전하게 생겼지만 앞으론 관심을 좀 가져 볼게. 아니, 나 너한테 관심 있어. 대신 장풍에 대해 아는 대로 다 불어야 돼."

"내가 해 줄 수 있는 말은 그 능력을 다시는 쓰지 말라는 거야. 그나마 그 능력을 네 뜻대로 끄집어내지 못하는 것 같아 다행이지만, 앞으로는 아예 시도조차 하지 마."

살고 싶다면 말이야……. 미카는 신발주머니를 현아에게 던지고는 돌아섰다. 대여섯 걸음 멀어지다 말고 미카는 다시 돌아섰다.

"그리고 강현아, 나 너한테 관심 없어. 그런 게 생길 리 없잖아."

미카는 현아를 아래위로 훑어보았다.

"관심이 있는지 없는지는 두고 보면 알겠지. 이따가 8시에 난 아론컬처 엔터테인먼트 앞에 갈 건데, 너도 오든지."

이번에는 현아가 먼저 돌아섰다.

작약꽃의 밤

강현아에게서 최배달의 데이터를 발견하지 못했다는 미카의 1차 보고는 파견처를 비롯한 설계자 사회에 논쟁거리가 되었다. 재차 확인한 결과 설계자의 능력 일부와 최배달의 데이터가 현아에게 흘러들어 갔다는 건 사실이었다. 그런데도 강현아에게서 최배달의 데이터가 발현되지 않았다면 설계자들이 우려하는 락싸멘툼 역시 어느 시점에 자연스레 사라질 수도 있지 않을까?

사건의 흐름을 연산과 인과 관계로 파악하는 데 익숙한 설계자들은 입력값과 출력값이 당연히 같으리라 판단하고 있었다. 하지만 시뮬레이션 세계에서는 입력값과 출력값이 완벽하게 일치하진 않았다. 입력값이 시뮬레이션 세계의 불확정성과 변수를 거치면서 예상치 못한 출력값으로 변형되는 경우가 있었던 것이다. 설계 윤리학자들은 바로 이 지점에서 이의를 제기했다.

'설계자의 능력 일부'와 '최배달의 데이터'라는 입력값만으로 강현아의 위험성을 판단하는 게 과연 합리적인가? 강현아를 감시하기 위해 청소년 설계자를 시뮬레이션 지구로 다이빙시킨 건 섣부른 판단이 아니었는가?

오후 7시 50분.

강현아가 통보한 시간을 10분 남겨 두고, 미카는 파견처 설계자의 연락을 받았다.

- 최배달의 데이터가 강현아에게 들어간 건 확실하네. 미카 군을 다이빙시킨 일을 두고 설계 윤리학자들이 우리 파견처를 비난하고 있어. 여론도 그다지 호의적이지 않다네. 미카 군이 반드시 오류X의 위험성을 증명해 내리라 믿네. 절대 감시의 고삐를 늦춰선 안 돼.

미카는 한숨이 나왔다. 이번 작전의 적임자로 지목됐을 때만 해도 친구들의 부러움을 샀던 미카였다. 시뮬레이션 지구가 어떤 곳인가. 파리 생제르맹, 바이에른 뮌헨, 유벤투스 등 최고의 축구 구단이 있는 곳이며, 음바페와 네이마르, 호날두의 경기를 직접 관람할 수 있는 곳이었다. 깔짝깔짝 데이터와 수치로 보는 게 아니라 두 눈으로 볼 수 있는 곳이었다. 꿈에 그리던 유럽 리그 직관! 하지만 저 골치 아픈 오류X 때문에 미카는 아무것도 누리지 못하고 있었다. 강현아는 종잡을 수 없는 아이였고, 미카는 어째 초장부터 일이 꼬이는 기분이었다.

오후 8시 정각.

현아는 예고한 시간에 딱 맞춰 등장했다. 그건 미카가 현아에게서 발견한 최초의 미덕이었다. 그 때문이었을까. 미카는 조금 누그러진 얼굴로 현아를 맞았다.

"왔어?"

하지만 현아는 바싹 얼어붙은 채 말이 없었다.

거리엔 어둠이 내려 있었지만 지나가는 차들의 헤드라이트가 차례로 미카를 훑고 지나갔다. 현아는 미카를 노려보고 있었다. 정확히는 미카의 바지를 뚫어져라 보고 있었다. 큼직큼직한 작약꽃이 프린트된 일 바지……. 그랬다. 미카는 다이빙 첫날 어느 다세대 주택 옥상 빨랫줄에서 걷어 입은 옷을 평상복으로 활용하고 있었다. 이 세계의 패션에는 일가견이 없는 미카가 일 바지의 초경량감을 높이 샀던 것이다.

"자네 바지의 그 꽃, 작약이군."

현아의 말투가 어딘가 이상했다. 그렇다고 일 바지 패션을 비웃는 것 같지도 않았다.

"남의 바지는 왜 그리 빤히 보는데?"

"고야규 성의 성주 세키슈사이가 작약꽃을 보냈더랬지. 덜떨어진 무사들은 꽃이나 먹고 떨어지라는 의미로 해석하고 분노했으나 미야모토 무사시만은 달랐네. 무사시는 작약꽃에서 보낸 이의 비범한 검을 읽었네. 그는…… 꽃송이가 아니라 잘린 꽃가지의 단면을 보았거든. 꽃가지를 훑고 지나간 검의 흔적을 읽은 거지."

"강현아, 너 뭐야? 갑자기 무슨 헛소리야?"

"아, 자네는 아직 어려서 미야모토 무사시를 모를지도 모르겠네. 그분은 우리 세대 무도인들이 존경하는 무사라네. 세키슈사이의 작약꽃 이야기는 소설 미야모토 무사시에서 내가 가장 좋아하는 부분일세. 자네도 기회가 되면 미야모토 무사시 전집을 읽어 보게. 수련에 큰 도움이 될 테니.”

현아는 섬뜩할 만큼 차분히 대꾸했다. 아까 낮에 장풍이 어쩌고 저쩌고 조잘거릴 때와는 아주 딴판이었다. 눈동자에서도 표정이 읽히지 않았다.

“고수는 고수를 알아보는 법이지. 무사시가 작약꽃 가지에서 세키슈사이의 검을 읽었듯이, 나도 자네의 단호하면서도 섬세한 몸가짐과 주변을 꿰고 있는 눈빛에서 무도인의 공력을 보았네.”

현아는 미카에게 바특하게 다가섰다.

미카는 한 걸음 물러섰다. 도대체 이 맥락 없는 서사는 뭐란 말인가. 슬슬 현아와 이 세계의 무작위성, 불확정성에 질리기 시작했다. 하지만 현아는 점점 더 확신에 찬 얼굴로 미카에게 다가섰다.

“이쯤에서 통성명을 하는 게 좋겠군. 나는 무도인 최배달이네. 자네 이름을 물어도 되겠는가?”

현아의 입에서 최배달 이름 석 자가 튀어나오는 순간, 미카는 드디어 일이 벌어졌음을 알았다. 현아가 오류X로서의 정체성을 확실히 드러내기 시작한 것이다. 방금 현아가 주저리주저리 늘어 놓은 이야기들은 미카로선 처음 듣는 것이지만 아마도 최배달의 데이터일 것이다. 청소년 설계자들 사이에 암암리에 통용되는 최배달의 데이터는 버전이 수십 가지였다. 미카도 그 모든 버전을 다 알지는 못했다. 확실한 건 강현아의 몸속에는 무도인 최배달의 데이터와 설계자의 에너지가 들어 있다는 사실이었다.

"우…… 우선 침착하게 내 말 좀 들어 봐. 강현아, 넌 지금 머리가 약간 혼란스러운 상태야. 그러니까…….”

"강현아라니? 내 이름은 최배달일세.”

어찌된 영문인지 최배달의 데이터가 강현아의 의식을 완벽하게 장악한 모양이었다. 미카는 일단 상대의 장단에 맞춰 주기로 했다.

"최배달 님, 반갑습니다. 저는 손미카입니다. 무도인 최배달 님께 여쭙고 싶은 게 있으니 저와 함께 한적한 곳에 가서 차라도 한잔 하시지요.”

하지만 이미 현아는 미카를 보고 있지 않았다. 현아의 눈길은 아론컬처 엔터테인먼트를 향해 돌진하는 차량을 쫓고 있었다. 자가용 한 대가 무서운 속도로 정문 쪽으로 질주하고 있었다.

"안 돼, 강현아 아니 최배달 님. 아무것도 하지 마세요. 당신이 신경 쓸 일 아닙니다.”

"저건…… 성난 황소네. 성난 황소의 뿔을 꺾는 건 나, 최배달의 일이지.”

현아는 차가 행인들을 덮치기 직전에 손을 확 내뻗어 차체를 날려 버렸다. 차는 인적이 뜸한 주꾸미 가게 쪽으로 날아갔다. 하지만 저대로 두면 차체가 가게 유리문을 들이받고 말 터였다. 미카가 손을 뻗어 차체에 가해진 척력을 줄였다. 그러자 차는 서너 바퀴 부드럽게 구른 뒤에 '주꾸미 왕' 풍선 입간판을 들이받고 멈춰 섰다. 근처에 있던 사람들은 너나 할 것 없이 충격을 받은 얼굴로 얼어 있었다. 그러다가 동시에 잠에서 깨어난 사람들처럼 소리를 지르며 차 주변으로 몰려갔다.

현아는 다리에 힘이 풀렸는지 그대로 주저앉고 말았다. 놀라긴 미카도 마찬가지였다. 최배달의 데이터와 결합된 락싸멘툼은 강력하고 위험했다.

"아무것도 하지 말라고 내 분명히 경고했을 텐데."

그러자 현아가 고개를 확 치켜들었다.

"닥쳐, 새끼야. 나도 놀라서 죽을 것 같으니까."

최배달이 아니라 강현아의 눈빛과 말투였다. 현아는 가슴을 씨근덕거리며 제 두 손을 내려다보았다.

"정신을 차리고 보니까 차가 날아가고 있었어. 내가 또 장풍 쏜 거야? 존나 멋지긴 한데 컨트롤이 안 돼. 내가 원할 때 힘이 나오는 게 아니라 갑자기 튀어나오니까. 꼭 장풍이 스스로 원할 때 세상에 모습을 드러내는 느낌이야."

락싸멘툼을 쏘는 중에 최배달의 데이터가 강현아의 의식 뒤로 사라진 모양이었다. 현아는 겨우 몸을 일으키더니 혼자 지하철역 쪽으로 가 버렸다.

미카는 즉시 현아의 뒤를 밟았지만 현아의 눈에 띄지는 않았다. 이 사태를 어떻게 정리해야 할지 미카는 혼란스러웠다. 파견처 설계자는 오류X가 락싸멘툼으로 이 세계에 위험을 초래하면 없애라 했다. 하지만 방금 현아의 행위가 이 세계에 위험을 초래했는지 확신할 수 없었다. 현아는 차가 아론컬처 앞에 모여 있는 사람들을 덮치기 전에 빈 골목 쪽으로 차를 날렸다. 그 과정에서 주변의 행인이 하나라도 다쳤다면 미카는 순식간에 현아를 소멸시켰을 것이다. 물론 차체의 속도를 줄인 건 미카였지만, 차가 원래 속도로 날아가도록 뒀어도 인명 피해는 없었을 것이다. 주꾸미 가게 유리벽은 박살 났겠지만.

그날 저녁 아론컬처 엔터테인먼트 사옥 앞에서 벌어진 일은 '어긋난 팬심, 참사를 부를 뻔'이라는 기사 제목으로 포털 사이트 메인에 내걸렸다. 제이엠의 해체에 불만을 품은 30대 여성 팬이 음주 상태에서 아론컬처 엔터테인먼트 사옥으로 돌진했으나, 다행히 행인을 치는 참사는 없었고, 운전자 또한 안전띠를 맨 덕에 목숨을 건졌다는 기사였다. 참사를 막은 장본인이 현아라는 사실을 아는 이는 미카와 현아 본인밖에 없었다.

사실 차가 주꾸미 가게 풍선 입간판을 들이받고 멈춰 선 순간 미카도 가슴을 쓸어내렸다. 현아의 락싸멘툼 덕에 행인들은 화를 면했다. 오직 한 사람, 주꾸미 가게 사장 김달현 씨만 빼고. 사고 직후 김달현 씨는 '주꾸미 왕'이라는 글자가 새겨진 앞치마를 패대기치며 소리를 질렀던 터다.

"아, 시바! 무슨 삼재가 꼈나? 가뜩이나 장사도 안 되는데 뭐가 자꾸 날아오고 지랄이야!"

현아가 집으로 들어가는 걸 확인한 미카는 왕십리 먹자골목을 따라 걸었다. 미카는 여기가 어디인지, 자신이 여기 왜 왔는지 환기했다.

이곳은 시뮬레이션 세계의 행성 지구. 인간은 이 행성에서 문명을 이룩한 지성체. 살아 있는 인간은 설계자들의 관찰 모니터에 숫자 1로 표시된다. 숫자 1은 한 인간의 존재값이다. 인간이 죽으면 존재값 1도 사라진다. 이 도시는 지구의 북위 37.5도 동경 127도에 위치하며, 동흔고등학교가 있는 성동구 일대는 약 30만 개의 존재값이 찍혀 있다. 그중 하나가 현아였다. 오류X는 위험성을 드러내기 시작했다. 오늘 일은 시작에 불과할 터였다. 미카는 현아의 존재값을 지울 시간이 그리 머지않았음을 직감했다.

절차야 간단했다. 미카의 손짓 한 번이면 현아의 원자들이 먼지가 되어 사라질 것이다. 설계자라면 누구나 시뮬레이션 세계의 생물체를 소멸시킬 수 있었다. 하지만 그 전에 먼저 오류X의 위해성이 확실히 입증되길 바랐다. 아까와 같은 사건으로는 부족했고, 현아가 확실히 이 세계에 위해를 가해야 했다.

"빌어먹을!"

미카는 자신을 이 세계로 내려보낸 어른들에게 욕을 퍼붓고 싶었다. 그들 중 누구도 이 세계의 변수에 대해 충고해 주지 않았다. 눈앞의 참사를 지켜볼 수만은 없었던 인간의 입장에 대해서 알려준 이도 없었다. 설계자들은 관찰 모니터상의 데이터만 노려보고 있을 뿐, 이 세계를 속속들이 알지는 못했다. 이곳은 데이터로만 가늠할 수 있는 곳이 아니었다.

2장 현아에게 꽃을

바람의 꽃

미카는 고시텔 벽을 노려보고 있었다.

현아가 차를 날려 버린 일을 어떻게든 보고해야 했다. 그건 미카의 일이었고, 파견처는 이미 이 세계에서 락싸멘툼이 사용되었다는 사실을 인지하고 있을 것이다. 물론 미카는 자기가 본 것을 가감 없이 보고할 생각이었다. 하지만 파견처에서 이번 사건을 어떻게 해석할지는 알 수 없었다. 미카가 보고를 망설이는 것도 그 때문이었다. 파견처에서 이번 사건을 오류X가 이 세계에 위해를 가했다는 증거로 채택한다면 미카는 오늘 밤에 현아를 소멸시켜야 한다. 그건 그다지 내키지 않는 시나리오였다. 만약에 미카가 현아의 존재값을 지워야 한다면 그건 미카 스스로 현아의 위해성을 확신할 때일 것이다. 아직은 아니었다. 현아는 좀 더 지켜봐야 할 대상이었다.

고민에 고민을 거듭한 끝에 미카는 벽면에 모니터를 열었다. 미카에게서 사건 경위를 전해 들은 파견처 설계자가 되물었다.

- 강현아는 최배달의 데이터를 의식 못 한다는 말인데⋯⋯. 최배달의 데이터가 강현아를 지배하는 상태에서 쓰는 락싸멘툼은 훨씬 강력할 거야. 미카 군도 알겠지만 락싸멘툼은 그걸 사용하는 설계자의 의지를 그대로 반영하는 에너지니까. 스스로를 무도인으로 인식하는 자가 락싸멘툼을 쓴다면 그 세계에 무슨 위해를 가할지 몰라. 설계 윤리학자들만 아니면 지금 당장이라도 강현아를 없애 버릴 텐데 말이야. 그래서 말인데, 미리 적당한 장소를 물색해 두게. 자네야 그 세계에서 빠져나오는 순간 자네에 관한 정보들이 다 지워지지만 강현아는 아닐세. 그 애가 소멸되면 그 세계에선 실종 처리가 될 거야. 그러니 그 애의 죽음을 다른 사람이 봐선 안 돼. 남들 눈에 띄지 않게 그 애를 없앨 수 있는 장소를 알아 두는 게 좋아.

미카는 선뜻 대답할 수 없었다. 미카가 보건대 강현아 사건에는 상당히 찜찜한 구석이 있었다. 파견처 설계자가 말하는 '위해'의 범주가 명확하지 않았던 것이다.

미카가 말을 아끼는 사이 설계자가 다시 말을 이었다.

- 그런데 최배달의 데이터가 갑자기 나타났다는 건가? 우리가 조사한 바로는 최배달의 데이터는 강현아가 특정 키워드와 맞닥뜨렸을 때 실행되도록 돼 있다네. 일종의 암시 같은 거지. 최배달에게 특별한 의미가 있는 단어나 그림, 기호 등이 강현아의 의식 저편에 숨어 있는 최배달의 데이터를 불러내는 거지. 그게 뭐였는지 알아내도록 하게. 강현아에게서 최배달의 데이터가 등장하는 규칙성을 찾아내는 게 좋아. 그래야 큰 사고를 막을 수 있을 테니까.

보고를 마친 미카는 침대에 드러누웠다.

최배달 상태의 강현아와 주고받은 대화를 복기하던 미카는 문득 짚이는 게 있어서 한쪽 다리를 번쩍 치켜들었다. 검은색 바탕에 진홍색 작약꽃이 그려진 일 바지가 풍덩하니 다리를 감싸고 있었다.

망할, 이거였어!

아까 강현아가 갑자기 최배달의 인격을 드러낸 건 미카의 바지에 그려진 작약꽃 때문이었다. 이 작약꽃이 현아 안에서 최배달을 불러냈고, 최배달은 그에 화답하듯 작약꽃에 얽힌 이야기로 말문을 열었던 것이다. 강현아의 의식에서 최배달을 깨운 건 결국 미카였다.

다음 날. 미카는 강현아를 예의 주시 하면서도 가까이 가지는 않았다. 현아는 언젠가 미카 손으로 없애야 할지도 모르는 상대였다. 사형수와 사형 집행인 혹은 위험한 짐승과 사냥꾼이라 해도 무방한 관계였다. 그러니 접촉을 최소화할 필요가 있었다. 미카와 거리를 두기는 현아도 마찬가지였다. 장풍이 나타나는 패턴을 분석하느라 전학생 따위에 관심을 둘 여력이 없었다. 지훈이가 호기롭게 내민 폴라로이드 사진도 대충 보고 말았을 정도였다. 외모 지상주의자라면 도저히 지나칠 수 없는, 신인 아이돌 비주얼 센터의 초근접샷이었는데도 말이다.

현아는 공책에 세 차례 장풍 사건을 나름대로 정리하는 중이었다.

1차: 아론컬처 사옥 정문 앞. 대상: 오렌지색 카디건 아저씨.

2차: 지하철 안. 대상: 임신부에게 시비를 걸던 할아버지.

3차: 아론컬처 사옥 근처. 대상: 인도로 돌진한 자동차.

하지만 패턴이나 규칙성은 알 수 없었다.

장풍에 대해 뭔가 알고 있는 게 분명한 전학생은 입을 열 기미가 없었다. 힌트 한 톨 안 주면서 힘을 쓰지 말라는 말만 되풀이했다. 치사한 놈. 문득 부아가 치밀어 현아는 미카를 째려보았다. 기다렸다는 듯 미카의 눈길이 현아의 시선을 받아쳤다.

"뭐야, 여태 날 보고 있었던 거야?"

미카의 시선이 이성을 향한 호기심이 아니라는 건 현아도 진즉 눈치챘다. 연애 경험이 전무한 현아지만 남자가 호감 가는 여자를 바라보는 눈길이 어떤지는 알고 있었다. K 아저씨가 엄마를 어떤 눈빛으로 바라보는지 익히 보았으니까. 두 사람이 연인이 되기 전, 그러니까 엄마가 대학 후배라며 현아에게 K 아저씨를 소개하던 시절부터 K 아저씨는 조금 특별한 눈길로 엄마를 보고 있었다. 엄마가 작은 실수라도 하면 '어이쿠!' 같은 오글거리는 추임새를 넣었고, 어딘가 조마조마한 눈길로 엄마를 좇는 것이었다. 40대 중반의 여자 친구가 아니라 두발자전거를 처음 타는 딸을 보는 듯한 눈빛이었다.

반면 전학생은 '쳐다본다'는 말보다는 할기죽거리다, 스캔하다, 뼈째 훑다 같은 표현이 어울릴 법한 눈길이었다. 현아는 손미카가 모종의 이유로 자기를 감시하고 있다는 데 지갑에 있는 돈 전부를 걸 수도 있었다.

하지만 현아가 누군가. 한때 '팬덤의 수호자 공영기 호크룩스'라 불렸을 만큼 일 처리에 능수능란한 아이가 아니던가. 현아가 생각하는 일 처리란 수단과 방법을 가리지 않고 목표 지점을 향해 가는 것이었다.

"손미카, 이따가 학교 끝나고 같이 옷이나 사러 가자."

감시를 하겠다면 기꺼이 감시당해 주겠다고, 수상한 전학생 놈아. 어느새 미카 곁으로 간 현아가 씩 웃었다.

"어제 얼핏 보니까 네 사복, 거의 패션 테러리스트 수준이더라고. 디테일은 기억 안 난다만 희한한 통바지랑 목 늘어난 티셔츠, 최악이었어."

미카는 뜨끔했다. 작약꽃 무늬 일 바지로 현아에게서 최배달의 데이터를 불러낸 일이 떠올랐던 것이다.

"그…… 그 정도였어?"

"응, 눈알 썩을 뻔했어. 그게 영국 쪽 트렌드인지는 모르겠지만 여긴 한국이야. 한국에선 열일곱 살짜리 남자애가 그런 차림으로 돌아다니면……."

현아는 잠시 말을 끊고 미카의 귓전에 입을 갖다 댔다.

"찐따 오브 더 찐따즈 소리 들어."

지훈이를 비롯한 아이들 몇이 뜨악한 눈길로 현아와 미카를 보았다. 대화로 추측컨대 둘은 밖에서 따로 만난 적이 있으며 은밀한 귓속말을 주고받을 만큼 이미 진척된 사이였다. 미카로서도 도무지 적응이 안 되는 상황이었다. 설계자들 학교에선 심심찮게 고백도 받던 미카였는데, 이 세계에 오고부터는 패션도 외모도 수준 이하 취급을 받았다.

학교가 끝나자마자 미카가 쭈뼛쭈뼛 현아를 따라나선 것도 그래서였다. 맹세코 현아가 누군지 자신이 누군지 잊은 건 아니었다. 업무 효율을 위한 노력이랄까. 이 세계에서 미션을 수행하려면 이 세계의 트렌드를 따르는 것도 나쁘지 않을 터였다.

현아가 미카를 데려간 곳은 고속버스 터미널 지하상가였다.

"인터넷에 좋은 옷이 훨씬 많긴 하지만 너처럼 옷 고르는 안목이 제로인 사람들은 두 눈으로 직접 보고 사는 게 나아."

"강현아 너는? 너는 옷 잘 고르는 편이야?"

그 질문에 놀란 건 미카 자신이었다. 그건 미션과 무관하게 강현아에게 던진, 최초의 개인적인 질문이었다.

"나? 미쳤냐? 제이엠 오빠들 덕질하기도 바빠 죽을 판이었는데 옷에 신경 쓸 틈이 어디 있어? 가끔 색다른 스타일 옷이 필요하면 엄마 옷장 뒤져서 입고 그랬어. 우리 엄마 패션이 조금 들쑥날쑥 하긴 하지만 잘 뒤지면 입을 만한 것들이 좀 있었거든. 뭐, 엄마랑 따로 살고부터는 그 짓도 불가능해졌지만. 어쨌든 네 옷은 걱정 마. 다 방법이 있으니까."

현아는 미카의 손을 잡아끌고 남성 캐주얼웨어 매장으로 직진했다.

"저쪽 끝에 있는 마네킹이 입은 티셔츠랑 바지 주세요. 사이즈는 애한테 맞는 걸로요."

그러고는 미카를 점원 앞에 끌어다 놓았다.

점원이 옷을 가져오자 현아는 미카를 피팅룸으로 밀어 넣었다.

"물론 마네킹이 입은 느낌과 손미카 네 핏에는 상당한 괴리가 있을 거야. 하지만 너만 그런 게 아니니까 너무 기죽진 말고."

쇼핑백을 들고 돌아오는 길, 미카는 자꾸 현아를 흘깃거렸다. 암만 해도 강현아 하는 짓이 수상했다. 비록 다른 세계에서 왔어도 이유 없는 호의에는 숨은 꿍꿍이가 있다는 것 정도는 안다. 가족도 연인도 아닌 관계에서 A가 B에게 잘해 준다면, 사실은 A가 B에게 바라는 게 있다는 뜻이니까. 더구나 A가 무작위성으로 점철된 문제 인간 강현아라면…….

미카가 잠시 딴생각에 잠긴 사이 일이 터졌다.

속옷 박스들이 비정상적인 궤적을 그리며 상가 통로를 따라 날아가고 있었고, 사람들은 소리를 지르며 땅바닥에 엎드리거나 통로 가장자리로 몸을 피했다. 포물선이 아닌 직선을 그리며 날아가던 상자는 통로가 휜 곳을 만나면 자율 주행 자동차처럼 절로 방향을 조절해서 날아갔다. 상자의 본래 주인인 듯한 중년 남성이 그 뒤를 미친 듯이 쫓아갔다. 락싸멘툼이었다. 아니나 다를까, 현아가 박스들이 날아간 쪽으로 한 손을 치켜들고 있었다.

"뭐 하는 짓이야, 강현아!"

미카가 현아의 손목을 틀어쥐었다.

"상자들이 아기 머리 위로 떨어질 뻔했다고."

"아기가 어디 있다고 그래?"

그러자 현아는 고개를 돌려 턱 끝으로 저 뒤쪽을 가리켰다. 엄마 손을 잡은 아기가 현아와 미카를 지나쳐 저만치 가고 있었다.

"네가 끼어들지 않았어도 아기가 멀쩡했을지 어떻게 알아? 네가 날린 상자들 때문에 더 많은 사람들이 다칠 수도 있었다고!"

"걱정 붙들어 매. 상자들은 처음부터 사람들을 피해서 날아갔으니까. 순간이었지만 장풍을 쏘아야 할 방향이 눈에 보였다고!"

현아는 미카의 손을 뿌리쳤다.

"뭐?"

미카는 숨이 막혔다. 락싸멘툼의 진행 방향을 예측하는 건 설계자들의 고유 영역이었다. 현아의 락싸멘툼은 차츰 진화하고 있었다. 하지만 놀라기는 아직 일렀다.

"손미카, 나 알아낸 것 같아. 장풍의 규칙 말이야."

손바닥을 허공에 대고 엎었다 뒤집었다 하는 사이 현아의 얼굴에 여름한 웃음이 맺혔다.

하지만 고속버스 터미널에서 동네로 돌아오도록 현아는 장풍의 규칙을 말해 주지 않았다. 대신 거래를 원한다 했다. 각자 쥔 패를 하나씩 까뒤집자는 것이었다.

"손미카, 너 먼저 털어놔."

"왜 나부터야?"

"내가 먼저 털어놨다간 네가 내 비밀만 주워 먹고 입 싹 닦을지도 모르니까 그렇지.”

“내가 그리 못 미더운 놈 같아?”

“응. 네 몸 세포 하나하나가 다 음흉한 계략들로 채워진 것 같아. 가슴에 손을 얹고 생각해 봐. 전학 온 뒤로 한순간이라도 나를 진실하게 대한 적 있는지. 늘 험악한 눈으로 감시만 했잖아. 이유도 모르는 채 감시당하는 기분이 얼마나 더러운지 모르지?”

“그걸…… 알고 있었어?”

“그렇게 살기 어린 눈으로 쏘아보는데 누가 몰라? 딴 사람이 보면 네가 나를 살해 암매장할 계획이라도 세운 줄 알걸?”

미카는 뜨끔해서 헛기침을 했다.

“그런 섬뜩한 얘기는 관두자. 그래, 내가 터놓길 바라는 비밀은 뭔데?”

협상에 물꼬가 트이자 현아는 말없이 미카를 보았다. 그 고요한 눈길에 현아가 담아 보낸 말은 이거였다.

‘속 시원히 털어놓는 게 좋을 거야. 안 그랬다간 적당한 기회에 동네 여고 운동장으로 날려 버릴 테니까. 그 학교 애들한테 자근자근 밟혀 죽어도 난 모른다고.’

미카는 현아의 눈길이 부담스러웠다. 왠지 사귀는 사람 있느냐는 물음으로 이어질 것만 같은, 그윽하고 탐색적인 눈빛이었다.

마침내 현아가 입을 열었다.

“딱 하나만 알려 주면 돼. 네가 위험하다고 경고한 장풍에 대해서 말이야. 너한테도 그런 능력이 있는지, 이런 힘을 소유한 사람들이 나 말고 얼마나 더 있는지, 남들은 장풍으로 뭘 하고들 사는지, 남들은 어떤 계기로 이 힘을 얻게 되었는지."

딱 하나만 알려 달라 해 놓고서 현아는 궁금한 것들을 줄줄이 늘어놓았다. 예상을 훌쩍 벗어난 질문에 미카는 가슴을 쓸어내렸다. 차라리 잘되었다 싶었다. 강현아에게 진실을 일부 공개한다 해서 나쁠 건 없었다. 어차피 미카가 이 세계를 떠나면 사라질 기억이니까. 아니면 강현아와 함께 기억이 소멸하거나.

"공간을 팽창시키는 척력이야. 한낱 인간이 감히 소유하거나 휘둘러서는 안 되는 고귀한 힘이자 위험천만한 에너지야. 오직 이 세계를 창조한 설계자들만이 그 힘의 주인이 될 수 있어."

"이 세계를 창조한 설계자? 하느님, 알라 아니면 저기 이집트의 아툼 그런 분들?"

"뭐…… 비슷해."

"그런데 그분들 전용 에너지가 어쩌다 나한테 온 건데?"

"설계 과정에서 작은 실수가 있었어."

"그래서 실수로 나한테 들어온 힘을 다시 거둬 가겠다는 거야? 네가 영국에서 와서 잘 모르나 본데, 이 세상에서 제일 치사한 게 줬다 뺏는 거야. 상대가 신이건 나발이건 내 알 바 아니고, 그런 짓을 했다간 엉덩이에 뿔이 나거나 이상한 데 털이 날걸?"

"너한테서 그 힘을 빼앗을 방법은 없어. 네가 그 힘을 쓰지 않거나 아니면……."

"아니면? 나를 없애거나?"

현아가 엄지로 제 목을 그어 보였다.

"뭐 그런 상상을 하고 그러냐?"

경우에 따라 현아를 소멸시켜야 할지도 모르는 미카였지만 그래도 현아의 손동작은 소름 끼쳤다.

"뻔하잖아. 영화, 드라마, 웹툰에서 한두 번 써먹은 게 아니니까. 흔한 시나리오 공식대로라면 넌 나를 죽이러 온 살수야. 아주 어릴 적부터 살수로 키워진 거지. 출생의 비밀을 가진 닌자 같은 거 말이야."

현아는 손을 확 내뻗으며 표창 날리는 시늉을 했다. 그제야 미카는 현아가 자기 말을 믿지 않는다는 걸 깨달았다.

"내 말 농담으로 받아들이지 마. 최선을 다해 설명하는 중이니까. 그리고 그 힘은 무협 만화나 영화에 나오는 장풍이 아니라 우주를 가속 팽창시키는 어마어마한 힘이야."

"어려하시겠어."

현아는 손을 치켜들어 미카의 말을 잘랐다. 상식에 비추어 현아는 미카의 설명이 뻥이라는 결론에 도달했다. 현아뿐 아니라 왕십리 거리의 누굴 붙잡고 물어봐도 설계자 어쩌고 하는 이야기를 진실로 받아들일 사람은 없을 것이다. 그래서 현아도 제 패를 뒤집어 보이기 싫어졌다.

"너한테 진실을 기대한 내가 바보지. 나도 장풍 쏘는 규칙 말 안 해 줄 거야. 그래도 뭐, 나름 창의적인 답변을 해 줬으니까 이거 하나는 얘기해 줄게. 난 하늘이 두 쪽 나도 장풍을 포기할 생각 없어."

"원래 네 힘이 아니라고 했는데도?"

"응."

현아는 뒷걸음질로 멀어져 가며 말을 이었다.

"이건 누군가가 안겨 준 꽃다발 같은 거니까. 지금까지 중요한 날에 꽃을 받아 본 적이 한 번도 없었어. 우리 엄마 아빠가 상당히 바쁜 분들이라 졸업식 때도 늘 혼자였거든. 물론 집에 돌아가면 식탁에 꽃다발이 있긴 했지만 누군가 품에 안겨 주는 꽃다발이랑 느낌이 딴판이거든. 횅한 공동묘지에 후손이 두고 간 꽃다발 같달까. 아무튼 장풍은…… 내 품에 쏙 들어온 꽃다발이야. 저번에도 말했잖아. 이 힘 때문에 힘이 난다고. 제이엠 오빠들 해체하고 삶의 의욕이 바닥났었는데 요즘 다시 살맛이 난다니까."

"다시 말하지만 그 힘은 네 것이 아니야."

"오케이, 오케이. 그 힘이 하느님, 알라, 아툼 그분들만 소유할 수 있는 힘이라고 말하려는 거지? 그런데 말이야, 신들만 가질 수 있는 힘을 내가 소유했다면 나도 신인 거네? 신도 별거 아니구먼."

"강현아! 넌 지금 우연히 주운 걸 네 것이라고 우기는 어린애랑 다를 바 없어."

"우연히 내 손에 들어온 것……. 그런 게 어디 한두 갠 줄 알아? 내가 엄마 아빠 사이에서 태어난 것도, 강현아라는 이름으로 살아가는 것도 다 우연히 얻은 결과물들이야. 우연의 다른 이름은 운명이거든. 그리고 내가 쥔 우연들 중 가장 맘에 드는 게 이거야!"

말이 끝나기가 무섭게 현아는 미카 쪽으로 손을 뻗었다. 하지만 미카가 더 빨랐다. 강한 인력이 현아를 미카 쪽으로 끌어당긴 것이다. 순식간에 미카의 가슴팍으로 날아든 현아가 숨을 몰아쉬었다.

　"시발, 이게 뭐야?"

　현아의 목소리가 미카의 가슴팍에서 뭉개졌다.

　"설계자들에 대해 함부로 말하지 마. 신성 모독은 용서할 수 없어. 네깟 게 뭘 안다고!"

　"신성 모독 같은 소리 하네. 너야말로 나에 대해 뭘 안다고 이래라저래라야! 그리고 이거 좀 놓지. 네 교복 쉰내 나!"

　"쉬…… 쉰내? 그러는 네 정수리에서는 썩는 냄새 나거든. 초파리 안 꼬이는 걸 다행으로 알아!"

　미카는 현아를 제 품에서 확 떼어 내고는 고시텔 쪽으로 발걸음을 돌렸다. 정말이지 강현아는 말귀도 못 알아듣고, 성질은 사납고, 정수리 냄새마저 끔찍한 인간이었다. 강현아에 관한 모든 게 별로였지만 그중에서도 최악은 락싸멘툼을 꽃다발에 비유한 것이었다. 그 힘은 널 위한 꽃다발 같은 게 절대 아니라고, 멍청아…….

새벽의 크래브 케이크

자연에는 중력, 전자기력, 약력, 강력 네 가지 힘이 존재한다, 어쩌고저쩌고.

현아는 힘의 실체를 추적하는 중이었다. 하지만 위키백과의 설명만으로는 힘의 속성을 이해하기 어려웠다. 게다가 직접 접촉이 없는 상태에서 오직 사람의 손에서 뿜어져 나온 에너지만으로 차체를 날려 버린 경우는 학계에 보고된 사례가 없었다. 오직 무협지만이 '장풍'이라는 이름으로 그 힘을 인정했다.

현아는 그 힘의 정체를 장풍이라 단정 짓던 입장에서 한 발짝 물러난 상태였다. 지금껏 현아는 네 차례에 걸쳐서 그 힘을 사용했다. 무협 영화 속 장풍처럼 손짓만으로 사람이나 사물을 날려 버린 것이다. 하지만 똑같은 손동작으로 미카는 현아를 제 쪽으로 잡아당겼다. 그건 손에서 뿜어져 나오는 힘이 두 가지 종류라는 뜻이었다. 강한 척력과 강한 인력. 현아는 그 두 가지를 아우를 수 있는 이름이 필요했다.

"밀었다 당기고 밀었다 당기고…… 젠장, 밀당이야 뭐야?"

현아는 생수를 들이켜고는 다시 노트북 화면에 집중했다.

수상한 전학생 혹은 정체불명의 초능력자 손미카. 녀석은 무협계 쪽 사람 같진 않았다. 중원을 호령하는 자 특유의 호탕함은 눈 씻고 찾으려야 찾을 수가 없었고, 하다못해 닌자 같은 치밀함이나 조심성도 없었다. 반반마다 서너 명씩은 있을 듯한 평범한 외모에 제멋대로인 성질머리, 미카는 그런 애였다.

현아는 구글 창과 각종 사이트를 바삐 오가며 밤을 지새웠다. 새벽 5시, 노트북 화면에는 KFC 비스킷처럼 생긴 크래브 케이크 사진이 띄워져 있었다. 무협과 물리학을 거쳐 천문학 분야로 접어든 현아는 중력, 소행성 충돌, 우주 근접 천체, 나사, 유럽 우주 기구, 존스 홉킨스 대학교 응용물리학과 등의 검색어를 거쳐 마침내 크래브 케이크에 도달했다. 크래브 케이크는 존스 홉킨스 대학이 있는 미국 메릴랜드주 볼티모어의 유명한 음식이었다. 밤을 지새운 검색 작업이 크래브 케이크를 향한 열망으로 귀결된 터였다.

냉장고는 어제부터 텅 빈 상태였다. 지난주에 엄마가 채워 두고 간 반찬 가게 음식들이 동난 것이다. 현아는 천 원짜리 몇 장을 집어 들고 집을 뛰쳐나갔다. 볼티모어의 크래브 케이크를 먹을 수 없다면 그와 엇비슷한 식품이라도 먹어야 할 것 같아서였다.

어둠에 잠긴 새벽 골목. 현아는 굽이진 골목을 따라 편의점으로 갔다. 하지만 편의점 맞은편 카센터에서 걸음을 멈춰야 했다. 편의점 불빛을 받으며, 여린 바람을 타고 나부끼는 엔진오일 광고 입간판. 그 안에 그려진 황소 한 마리.

거대하고 날카로운 뿔을 가진 붉은 황소가 땅을 박차고 튀어 오르고 있었다. 현아는 황소 그림을 노려보다 눈을 감았다. 문득 두 손에 딱딱하고 매끈한 소뿔의 촉감이 느껴지는 듯했다. 검도 총도 없이 맨주먹으로 황소를 상대하던 날들의 기억……. 잠시 후 다시 눈을 떴을 때 현아는 현아가 아니었다. 주먹을 불끈 쥐고서 새벽 공기를 들이마시는 이는 무도인 최배달이었다. 최배달은 입간판 속 붉은 황소를 보았다. 주먹으로 소를 때려눕히고, 세상과 자기 자신에게 증명해 보이고픈 열망이 최배달의 단전을 휘젓고 지나갔다.

무도인 최배달은 눈앞에 펼쳐진 낯선 골목을 응시하다가 편의점 쪽으로 걸음을 떼었다. 편의점 유리문 너머가 소란스러웠기 때문이다.

"그러니까 왜 ATM 기기가 말을 안 듣냐고?"

"5분 전쯤에 ATM 기기를 썼던 손님은 별말씀 없으셨는데요?"

"그럼 내가 지금 없는 소릴 한다는 거야? 네 눈에는 내가 하릴없이 남한테 시비나 거는 사람으로 보여? 와, 미친년이 사람 속 제대로 긁네."

20대 초반으로 보이는 취객이 같은 또래 점원에게 막말을 퍼붓고 있었다. 최배달은 일단 지켜보기로 했다. 칼부림이 난무하는 싸움판이라면 지체 없이 끼어들었겠지만 취객은 자그마한 체구의 여자였다. 다행히 취객은 보리 음료 하나를 사 들고 편의점을 나갔다. 일이 일단락되었다고 판단한 최배달도 편의점을 나섰다. 하지만 최배달의 등 뒤로 차르릉, 편의점 유리문이 닫히던 순간, 저만치 가던 취객이 돌연 뒤돌아섰다. 취객은 보리 음료를 길바닥에 내팽개치고는 신발을 벗어 들었다. 굽이 날카로운 하이힐이었다.

"아, 시발, 생각하니까 열받아. 저년 가만 안 둘 거야!"

취객은 하이힐을 치켜들고 편의점으로 돌진해 왔다.

"멈추시오!"

하지만 취객은 최배달은 안중에도 없었다.

"내 오늘 저년 대가리 깨고 간다. 시발, 내가 누군 줄 알고!"

그제야 최배달은 취객을 향해 손을 치켜들었다. 공중으로 붕 솟구친 취객은 길 건너 다세대 주택 옥상까지 날아갔다.

미카가 등장한 건 그때였다.

"강현아!"

"자네는 그때 그 젊은이로군. 그냥 두면 편의점 점원을 해칠 것 같아서 내가 미리 손을 좀 썼다네."

"락싸멘툼으로도 모자라 최배달 행세까지."

미카는 최배달의 어깨를 움켜쥐었다.

"손아귀가 꽤나 단단하군. 공들여 수련하면 황소도 거뜬히 제압할 만한 악력이야. 자네를 보니 맨손으로 소뿔을 꺾었던 일들이 떠오르는군. 750킬로그램이 넘는 황소가 콧김을 쉭쉭거리며 달려드는데, 그때의 긴장감을 자넨 상상조차 할 수 없을 걸세. 사람들은 내가 무슨 취미 생활 하듯 소를 상대한 줄 알지만 나는 어떤 싸

70

움이든 진지하게, 목숨을 걸고 임했다네. 힘으로 황소를 이기려 들면 밟혀 죽기 십상이거든. 황소의 두 귀 사이, 이마 한가운데를 노려야 하네. 몸의 기운을 주먹에 모은 다음 정권지르기로 탓!"

미카의 몸이 순식간에 골목 저쪽으로 20미터 가까이 날아갔다. 파견처 설계자의 충고대로 강현아의 락싸멘툼과 최배달의 락싸멘툼은 전혀 다른 차원의 힘이었다. 미카가 정신을 차릴 새도 없이 최배달이 저벅저벅 다가왔다. 무심코 일격을 당한 미카는 꼬리뼈와 척추, 뒤통수가 쪼개질 듯 아팠다.

"자네를 해코지하려는 게 아니네. 나에 대한 믿음을 주고 싶었을 뿐이야. 이제 내 정권의 위력을 보았으니 나를 믿고 내 제자가 되는 게 어떤가?"

최배달이 미카를 내려다보며 손을 내밀었다. 미카는 상대를 어찌 대해야 할지 난감했다. 진짜 최배달인 양 맞춰 주는 것도 정신 나간 짓 같았고, 그렇다고 만만하게 대했다간 락싸멘툼이 가미된 저 돌주먹에 맞아 죽을 것 같았다.

"그…… 그게……."

미카가 여짓여짓하는 사이, 상대의 표정이 서서히 바뀌기 시작했다. 무심한 표정으로 미카를 굽어보던 최배달의 얼굴에서 잠에서 깬 듯 어리둥절한 강현아의 얼굴로.

"전학생, 너 여기 왜 왔어?"

"그러는 넌 이 새벽에서 여기서 뭐 하는 건데?"

"나? 난 그냥…… 게맛살 사 먹으려고 온 건데?"

현아는 얼른 손을 뻗어 미카를 일으켜 주었다.

그 순간 어디선가 울음소리가 들렸다. 여태 남의 집 옥상에서 악다구니를 퍼붓던 취객이 돌연 울음을 터뜨린 것이다. 미카는 손을 뻗어 취객을 다세대 주택 옥상에서 뒷골목 어딘가로 옮겨 놓았다.

현아는 원래 예정대로 편의점에서 게맛살을 사 들고 나왔다. 미카가 살기 어린 눈으로 지켜보거나 말거나 포장지를 뜯어서 게맛살을 하나 꺼내 먹었다. 하지만 게맛살은 현아가 기대하던 그 맛이 아니었다. 본질을 훌쩍 빗겨 나간, 플라톤이 말한 동굴 허상과도 같은 맛이었다. 이 새벽의 헛헛함을 채워 줄 줄 알았는데 그게 아니었다.

메릴랜드주 크래브 케이크와 게맛살의 괴리만으로도 기분이 꾸깃꾸깃한데, 기억의 거친 이음매가 모래알처럼 입 안에서 버적거렸다. 집에서 나와서 카센터 앞까지 내처 달렸던 건 기억이 나는데 미카가 등장하기 전까지의 기억이 날아가고 없었다. 이번이 처음도 아니었다. 아론컬처 엔터테인먼트 사옥 근처에서 미카를 만났던 날에도 비슷한 경험이 있었다. 낯선 뭔가가 현아의 머릿속을 헤집고 지나간 느낌, 온몸의 근육에 남아 있던 팽팽한 긴장감까지 똑같았다.

잠이 부족해서 잠깐씩 멍해지는 걸 거야. 현아는 도리질 치며 게맛살을 우걱우걱 먹었다.

"강현아! 너는 비정상이야."

미카가 현아를 따라왔다.

"알아. 이 세상에 정상적인 인간은 없어. 정상과 비정상의 기준을 뭐로 두느냐에 따라 달라지니까. 내 기준엔 손미카 너도 비정상이야. 편의점에 볼일도 없으면서 이 시간에 여기 나타난 것부터 이상하잖아."

현아는 게맛살을 또 하나 꺼내며 걸음을 재촉했다.

"그래, 비정상이라는 말로는 널 설명할 수 없을 것 같다. 정정할게. 넌 이 세계의 오류야. 나는 오류인 널 조사하고 감시하기 위해 여기 왔어. 네가 이 세계의 질서를 망가뜨리게 둘 수 없으니까."

"내가 뭘 어쨌다고 이래? 게맛살도 내 맘대로 못 사 먹냐?"

현아가 울컥해서 소리쳤다.

"방금 저기 옥상에서 울던 여자, 네가 저기로 날려 버린 거잖아. 기억 안 나?"

미카가 다세대 주택 옥상을 가리켰다.

"내가? 언제?"

딱 잡아뗐지만 현아도 켕기는 게 있었다. 현아의 오른손에 여전히 남아 있는 떨림. 그건 손에서 강한 에너지가 뿜어져 나갔다는 증거였다. 게다가 출처도 알 수 없고, 기승전결도 불확실한 기억들이 현아의 머릿속에 떠돌았다. 황소들이 달려들고, 살벌한 관상의 무인이 단검을 거머쥐고 현아에게 뛰어왔다. 현아는 똑떨어지게 설명되지 않는 증상들이 갑갑했다.

"너랑 이 새벽에까지 봐야 되냐? 이 스토커 자식아!"

현아는 억지로 게맛살을 입에 욱여넣으며 소리쳤다.

"내 말 끝까지 들어!"

미카가 손을 뻗어 현아를 순식간에 제 쪽으로 끌어당겼다. 그 바람에 현아는 게맛살 봉지를 바닥에 떨어뜨렸고, 마지막 남은 게맛살 한 개가 봉지 밖으로 튀어나왔다.

"내 맛살……."

"지금 그따위 군것질거리에 신경 쓸 때가 아니잖아."

"뭐? 그따위 군것질거리? 손미카, 내 게맛살한테 사과해, 당장! 아니 내 크래브 케이크한테 사과하라고!"

현아는 미카가 싫었다. 살면서 누구한테도 내비친 적 없는 환멸과 원망이 손미카라는 존재로 체화된 것 같았다.

"강현아 네 몸에 최배달이라는 무도인의 데이터가 들어 있어. 구체적으로 어떤 데이터인지는 나도 몰라. 내가 아는 건 특정 키워드를 만나면 최배달의 데이터가 네 의식을 지배한다는 거야. 저번에 아론컬처 사옥 앞에서는 내 바지에 새겨진 작약꽃 무늬를 보고 최배달이 튀어나왔어. 오늘은 대체 뭘 보고 최배달이 되었는지 모르겠지만."

현아는 기억이 끊기기 전에 마지막으로 보았던 걸 떠올렸다. 그건 카센터 입간판이었다.

"최배달의 의식에 네가 장풍이라 부르는 그 힘이 더해지면 위험한 일이 벌어질지도 몰라. 넌 아까 술에 취한 여자를 저기 옥상으로 날려 버렸어. 최배달일 때의 너는 상대를 제압하려는 욕구가 너무 커서 더 통제가 안 돼."

"그래, 내 머리에 이상한 게 들어 있다고 쳐. 그래도 상대방을 이기려고 힘을 쓰는 건 아니야. 내가 그랬잖아. 장풍을 쓰는 데는 규칙이 있다고. 난 누군가가 위험에 처했을 때만 그 힘을 쓸 수 있어. 누굴 이겨 먹자고 힘을 쓰는 게 아니라 누군가를 구하고 싶어서 쓰는 거라고."

현아는 미카에게서 한 발짝 물러서며 말을 이었다.

"아까는 카센터 입간판의 황소 그림을 봤어. 그 그림을 본 뒤로 네가 나타나기까지의 기억이 없어. 인정할게. 하지만 그때 내가 장풍을 썼다면 그건 누군가를 구하기 위해서야."

"그럼 나는? 나는 왜 공격한 건데? 난 널 공격하지도 않았고, 최배달 상태의 너는 나를 겁내지도 않았어. 그냥 자기 주먹이 얼마나 센지 보여 주려고 나를 날려 버렸어. 그건 어떻게 설명할 건데?"

"왜 자꾸 기억에도 없는 일을 들먹이는 건데? 네가 거짓말을 하는지 내가 알게 뭐냐고. 그래, 기왕 털어놓는 김에 이것도 얘기할게. 나는…… 손미카 네가 싫어. 우리 학교에서 아니 우리나라, 이 우주를 통틀어서 네가 제일 싫어. 크래브 케이크가 얼마나 먹고 싶었는데……."

현아는 미카를 남겨 두고 돌아섰다.

가끔씩 17년 치 허기와 17년 치 외로움이 한꺼번에 몰려오는 때가 있었다. 오늘 새벽이 그랬다. 힘의 정체를 찾아 밤새 인터넷을 뒤지며 현아는 혼잣말을 삼켰다. 이럴 때 물어볼 사람이 있으면 좀 좋아? 엄마도 아빠도 쓸모라곤 없다니까. 같이 야식 시켜 먹을 사람도 없고……. 그래서 현아는 크래브 케이크가 더 먹고 싶었다. 크래브 케이크는 배고프고 쓸쓸한 새벽에 현아가 갈망한 유일한 대상이었고, 게맛살은 현아가 발품을 팔아서 구한 욕망의 대체물이었다. 크래브 케이크의 부실한 재현물이었지만 그래도 그것밖에 없었다. 게맛살은 끝내 크래브 케이크의 맛을 재현해 내는 데 실패했지만 이 새벽, 배 속이 헛헛하고 마음마저 출출한 느낌은 외로움의 본질이었고 이데아였다. 그 이상은 없었다.

바람의 냄새

- 이타적 동기라고?

- 제가 목격한 바로는 그렇습니다. 강현아는…….

파견처 설계자가 미카의 말을 끊었다.

- 강현아 말고 오류X라 부르게.

- 죄송합니다. 오류X는 늘 누군가를 보호하려는 목적으로 락싸멘툼을 썼습니다.

미카는 현아가 최배달 상태에서 자신을 공격한 일은 보고하지 않았다. 최배달의 데이터는 현아와는 무관한 인격이었다. 하지만 그 인격이 벌인 일에 대한 뒷감당은 현아가 해야 했다. 미카는 그게 적절한 일인지 아직 확신할 수 없었다. 한편으로는 현아에게서 최배달을 최초로 깨운 게 미카 자신이었다는 사실에 일말의 책임감을 느끼기도 했다. 그 망할 놈의 작약꽃 무늬 일 바지!

- 감히 설계자의 힘을 소유하더니 아주 살판난 모양이군. 이젠 구원자 노릇도 하시겠다는 건가?

- 그렇게 거창하게 굴지는 않습니다. 오지랖이 또래 인간들보다 조금 넓은 정도입니다.

미카는 어제 현아가 골라 준 옷들을 힐긋 보았다. 확실히 강현아는 위험한 데다 주제넘은 구석까지 두루 갖춘 애였다.

- 락싸멘툼의 사용 빈도가 늘고 있는 것도 맘에 걸려.

- 설계 윤리학자들의 입장은 어떻습니까?

- 그자들 얘기는 꺼내지도 마. 탁상공론 말고는 할 줄 아는 게 없는 자들이니까. 그나마 다행인 건 여론이 우리 측에 호의적인 입장으로 돌아서고 있다는 걸세. 오류X의 락싸멘툼이 점점 강해지는 걸 다들 우려하는 거지. 그래서 말인데, 전에 내가 말한 장소는 알아봤는가? 유사시에 미카 군이 오류X를 소멸시킬 장소 말이네.

- 그게…… 오늘 답사를 가려던 참이었습니다.

- 잘됐군. 아무튼 미카 군은 오류X를 잘 감시하게. 아까 말한 작약꽃과 황소 그림 말고, 최배달을 깨우는 또 다른 키워드가 있는지도 알아보고, 최배달 상태에서 오류X의 본래 상태로 복귀하는 절차에 대해서도 알아보게.

보고를 마친 미카는 책가방을 멨다. 아침 조회가 간당간당한 시간이었지만 파견처 설계자의 지시를 따르는 게 먼저였다. 미카는 현아의 소멸지로 일찌감치 점찍어 둔 곳으로 훌쩍 이동했다.

타클라마칸 사막의 사암 지대였다. 물줄기는 오래전에 사막 아래로 꺼져 버렸고, 사암과 점토로 이루어진 산맥만이 황량하게 치솟아 있었다. 가끔씩 다큐멘터리 제작진이나 모험가들이 다녀갔지만 대개의 날들은 낯선 바람 속에 버려져 있는 땅이었다. 강현아를 소멸시키기에는 여러모로 맞춤한 곳이었다.

미카는 신발주머니와 가방을 사암 지대 바닥에 던져 놓고 퍼질러 앉았다. 바람이 찼다. 이곳은 설계자들이 만든 곳이 아니었다. 행성 지구가 스스로 빚어낸 공허였다. 미카는 오랜만에 숨통이 트이는 기분이었다. 복닥거리는 문명의 흔적도 없고 무엇보다 바람이 좋았다. 오류X를 감시하는 일도 잊고, 파견처에 편하게 앉아서 이래라저래라 명령만 내리는 설계자들도 잊고, 여기서 딱 반나절만 빈둥거리고 싶었다. 왕십리 먹자골목 야채 곱창을 사 들고 와서 먹고 놀면 좋을 듯했다. 곱창을 먹어 본 적은 없지만 먹자골목을 지나다닐 때마다 그 냄새에 끌려 걸음을 늦추곤 했다.

시뮬레이션 지구에서 하필 이곳이 맘에 들다니. 돌연 쓴웃음이 터졌다. 오류X의 지정학적 좌표를 처음 확인했을 때, 미카는 가장 먼저 그 나라의 유명 축구 선수를 검색했다. 오류X의 나라는 토트넘 홋스퍼의 공격수 손흥민의 모국이었다. 미카가 손미카가 된 것도 손흥민 선수 때문이었다. 하지만 시뮬레이션 지구에 다이빙한 뒤로 미카는 유럽 리그 상황에 더 어두워졌다. 손흥민은 잘 뛰고 있는지, 음바페는 이적을 했는지, 네이마르는 또 어떤 할리우드 액션으로 욕을 먹었을지 알 길이 없었다. 오류X를 감시하는 것만으로도 시간이 빠듯했다. 현아는 동선이 단조로운 아이였지만 그래도 뒤를 밟는 일은 고도의 집중력과 체력을 요했다. 이 세계로 다이빙하기 전 평범한 청소년 설계자에 지나지 않았던 미카로서는 이 모든 게 처음 해 보는 일이었다.

사막을 어슬렁거리고 다니던 미카가 다시 가방과 신발주머니를 집어 들던 그 시각. 현아는 1교시 쉬는 시간 내내 지훈이와 둘만의 대화를 나누는 중이었다.

"꼭 이렇게까지 해야 돼? 그냥 신인 아이돌한테 정을 붙여 보라니까. 너 지금 이별 증후군 겪는 애 같아. 제이엠 해체 히스테리 부리는 것 같다고."

"아니라니까. 다른 사람을 위해서 쓸 수 있는 초능력이 있는데, 너 같으면 그 능력을 그냥 썩힐 거야? 날 위해서는 아무것도 할 수 없는 능력이라고 그냥 내버려 둘 거야?"

"너한테 그런 능력이 있을 리가 없잖아. 왜 그래, 강현아."

지훈이가 울상을 지었다. 갑갑하긴 현아도 마찬가지였다. 이 시점에서 현아를 믿어 줄 사람은 이 세상에 지훈이밖에 없었다.

"그냥 인생의 꿈, 비전 같은 거야. 연예계의 결정적 장면을 포착하는 파파라치가 되는 게 네 꿈이듯이, 나한테도 꿈이 있을 수 있잖아."

"그래서? 네가 되려는 게 뭔데?"

"그건……."

현아는 목소리를 더 낮추었다.

"이거 딴 데 가서 말하면 뒤질 줄 알아. 나는……."

하지만 현아는 지훈이에게 제 꿈을 털어놓을 수 없었다. 어느 틈에 교실에 도착한 미카가 둘 사이로 머리를 들이밀었던 것이다.

"어우 씨, 놀래라!"

현아가 소스라치자 반 아이들의 눈길이 셋에게로 쏠렸다. 반에서 존재감 없기로 수위를 다투는 두 사람이라 그런지, 현아와 지훈이가 이야기를 나눌 때는 누구 하나 눈여겨보는 사람이 없었다. 하지만 전학생 손미카는 기이한 존재감을 발산하는 아이였다. 같은 반 누군가의 표현에 따르면 손미카의 존재감은 '지극히 평범한 외모와 로맨스 웹툰의 남자 주인공 같은 자의식 사이의 당황스러운 간극'에서 비롯된 것이었다.

결국 현아는 미카만 끌고 교실을 빠져나갔다. 4층까지 내처 올라간 현아는 양치실 구석에 이르러서야 미카의 손을 놓았다. 말을 먼저 꺼낸 건 미카였다.

"아까 하려던 말, 마저 해. 네 꿈이 뭔지 들어나 보자."

"그래, 너도 어차피 알게 될 거니까. 오늘부터 내 인생의 뉴 프로젝트에 착수할 생각이거든. 제이엠의 성공한 덕후 되기 프로젝트는 무산됐지만 장담컨대 이번 프로젝트는 성공 확률 백 프로야. 뜻도 품었겠다, 능력도 있겠다, 망설일 이유가 없거든."

"그래서 뭘 하겠단 건데?"

"홍익인간 프로젝트. 널리 인간을 이롭게 한다는, 고조선의 건국 이념 말이야. 마침 단군의 후예이기도 하니까 이참에 홍익인간이 돼 보려고. 내가 말했잖아, 그 힘은 누군가 내 인생에 안겨 준 꽃다발이라고. 그래서 그 꽃다발의 꽃을 사람들에게 나눠 줄 거야."

"뭐 하러?"

미카는 정말로 궁금했다.

"그 능력을 날 위해 쓸 수 있으면 딴 일을 했겠지. 은행에서 현금을 뭉텅이로 털어다가 맛있는 것도 사 먹고, 짜증 나는 인간들은 저기 시베리아 얼음 골짜기에 던져 버리고 할 거야. 하지만 너도 알다시피 날 위해서는 써먹을 수 없는 힘이니까, 썩히느니 홍익인간이 되겠다는 거야. 그래서 말인데, 네 힘도 좀 전수해 주면 안 돼?"

"힘이라니?"

"사람을 기분 나쁘게 끌어당기는 그 힘 말이야. 생각해 보니까 사물을 밀어내는 힘만 갖고는 안 되겠더라고. 불구덩이에 갇힌 누군가를 끌어낸다거나, 소매치기가 들고튀는 지갑을 되찾아야 하는 상황이라거나, 그럴 땐 당기는 힘이 더 쓸모 있겠더라고. 전학생 너는 비호감이지만 너의 그 능력만큼은 높이 산다. 진심 리스펙트! 네 덕에 내 힘의 정체도 알아냈어. 네 말처럼 내가 가진 힘은 장풍이 아니었어. 그건 반토막짜리 포스였어."

"포스?"

"응. 〈스타워즈〉의 제다이들이 쓰는 힘. 'May the Force be with you(메이 더 포스 비 위드 유)' 할 때 그 포스 말이야. 손짓만으로 사물을 밀어내고 당기고 하는 힘. 네 말대로 난 비정상인지도 몰라. 사실 나 자신도 그렇게 느낄 때가 많아. 인생도, 머릿속도 단단히 고장 난 것 같다니까. 그래서 이 덧없는 세상, 한바탕 놀아 보려고. 홍익인간으로 말이야."

수업 종이 치는데도 현아는 고시랑고시랑 말을 이었다.

"포스만 가르쳐 준다면 널 스승으로 모실 생각도 있어. 원래 짜증 나고 싫은 사람도 선생으로 모실 수 있는 법이거든. 우리 학교 샘들 보면 알잖아. 홍익인간의 힘이 필요한 사건들은 지훈이가 알아봐 줄 거야. 잡다한 정보를 모으는 데는 타고난 능력자거든. 네 정체는 석연치 않지만 그래도 원한다면 이 프로젝트에 같이 끼워 줄게."

말을 마친 현아는 코를 킁킁거리며 미카에게 다가섰다.

"바람 냄새가 나. 찬바람을 맞고 온 사람한테서 나는 비릿한 냄새가 있거든. 너한테서 그 냄새가 나."

겨울밤 늦게 퇴근해서 잠든 현아의 머리맡에 머물다 가던 엄마에게서도 그런 냄새가 났다.

"내가 우주에서 제일 싫다면서 무슨 냄새까지 맡고 그러냐? 남이야 어디 갔다 오건 말건."

미카는 먼저 교실로 향했다. 현아는 점점 수습 불능의 상태로 치닫고 있었다. 미카는 타클라마칸 사막의 바람을 떠올렸다. 아무래도 그 사막은 현아를 소멸시키기에 적합한 장소가 아닌 것 같았다.

3장

홍익인간 현아

출사표

인간이 설계자의 존재를 믿지 않는 건, 우리 은하 변두리 태양계의 행성 지구에서 지적 생명체인 인간이 탄생하기까지 수많은 우연이 필요했기 때문이다.

중력, 전자기력, 약력, 강력 등 네 가지 기본 힘의 크기, 중성자나 양성자의 질량 등 우주에는 수많은 자연상수 값이 존재한다. 그 자연상수 값들이 지금과 조금만 달랐어도 이 우주는 존재하지 않았을 것이다. 이게 우연이 아니면 무엇이겠는가.

태양이 지금보다 열 배 이상 무거웠다면, 지구와 태양 사이의 거리가 더 가까웠거나 더 멀었다면, 목성과 토성이라는 거대 행성이 지구로 날아오는 운석들을 대부분 삼켜 주지 않았더라면 이 행성에는 생명이 탄생할 수 없었을 것이다. 이 또한 우연이 아닌가.

달이 없어서 지구의 자전축이 기울지 않았더라면, 지구 자기장이 태양풍을 막아 주지 않았더라면, 오존층이 없어서 강한 자외선이 땅으로 마구 쏟아졌더라면, 지구에 액체 상태의 물이 없었더라면, 1만 년 전 따뜻하고 안정된 기후가 도래하지 않았더라면……
인간이라는 지성체는 태어나지 못했을 것이다.

이 겹겹 우연들을 어떻게 설명할 것인가. 지적 설계 이론과 가
장 어울리지 않는 단어가 있다면 바로 '우연'일 것이다. 그 우연들
을 설계의 일부라고 생각하느니 차라리 신이 진흙으로 인간을 조
물조물 빚었다거나, 신의 몸을 해체하여 인간을 만들었다고 믿는
편이 속 편할 것이다.

미카는 동네 도서관에서 우주 탄생의 원리를 다룬 책들을 서너
권 읽어 치웠다. 설계자들이 기적처럼 이 행성과 인류라는 지성체
를 탄생시키기 위해 들인 노력들을 인간은 모르고 있었다. 지적
설계 이론은 B급 SF소설로 치부되었다. 물론 그렇다고 미카가 인
간에게 서운함을 느낀 건 아니었다.

인간들이 수많은 우연들을 정교한 설계의 일부로 받아들이지
않는다 해서 노여워하는 설계자들은 없었다. 그들은 인간의 탄생
을 기뻐했고 인간이 이룩한 문명을 흐뭇한 눈길로 지켜보고 있었
다. 그것만으로도 설계자들은 보상을 받았다고 생각했다. 애초에
감사나 찬양을 바라고 한 일이 아니었으니까.

빅뱅 이후 수소나 헬륨이 생성되기까지 3분이 걸렸고, 인간이
라는 지성체가 등장하기까지는 138억 년이 걸렸다. 저 허여멀겋게
생긴 심지훈에게도, 무작위성과 우연의 결정체인 강현아에게도
138억 년의 이야기가 들어 있는 셈이다. 미카는 아직 오늘자 보고
를 못 한 상태였다. 현아가 착수한 홍익인간 프로젝트를 설계자들

한테 뭐라 설명한단 말인가. 그래서 생각해 낸 게 독서였다. 이 세계를 더 잘 이해하기 위해 이 세계의 자료들을 분석했다고 하면, 설계자들도 뭐라 하지 않을 테니까.

그날 저녁, 138억 년짜리 서사를 품은 인간 소녀가 왕십리 행당 시장 먹자골목을 내달리고 있었다. 단군 할아버지로부터 이어진 홍익인간의 정신을 이 땅에 구현하고자, 저녁도 거르고 달려가는 중이었다. 대포 카메라로 지훈이에게 장난친 놈을 응징하러 가는 길이었다. 범인은 능이백숙집 둘째 아들, 29세 송동만. 그는 동네 조카인 심지훈에게 중고 DSLR 본체와 대포 렌즈를 넘길 것처럼 속여서, 지훈이의 전 재산인 40만 원을 갈취해 갔다. 그것으로도 모자라 대포 카메라를 달라는 지훈이의 뺨을 때리기도 했다. 며칠만 기다리라고, 새끼야. 이런 악질 멘트와 함께.

그 돈이 어떤 돈인가. 지훈이가 공항과 방송국 앞에서 찬바람 맞아 가며 사진 찍어서 판 돈, 대포 렌즈 행렬에 구형 폰을 들이밀며 무언의 괄시를 감내하며 번 돈, 주말마다 아이스크림을 푸면서 모은 돈 아니던가.

"아 씨, 카메라. 이젠 다 물 건너갔어."

지훈이의 울먹이는 전화를 받자마자 현아는 곧장 먹자골목으로 달려온 것이다.

드디어 능이백숙집.

현아는 엄마 아빠가 곧 오실 거란 평계를 대며 출입구 쪽 테이블에 자리를 잡았다. 10분쯤 지나자 송동만으로 추정되는 남자가 백숙집 사장을 찾아왔다. 지훈이 말로는 능이백숙집 바로 위층이 사장네 가족의 살림집이었고, 송동만은 용돈이나 군것질거리를 타 내느라 뻔질나게 가게에 드나든다 했다. 게다가 저 사람이 송동만이라는 결정적인 힌트가 있었다. 머리카락이라는 말이 무색할 정도로 떡진 머리! 인상착의를 알려 달라는 현아의 말에 지훈이가 가장 공들여 설명한 것도 저 머리였다. 머리가 바람에 안 날려. 플레이모빌 피규어처럼 머리가 한 덩어리야.

송동만이 자판기 커피를 뽑고 있었다. 현아는 제 손을 내려다보며 침을 눌러 삼켰다. 다급한 상황에서 누군가를 구하기 위해 에너지를 쓴 적은 있지만 이렇게 누군가를 응징하기 위해 에너지를 쓴 적은 없었다. 하지만 지훈이의 체념 섞인 목소리를 떠올리자 현아의 명치가 뜨거워졌다. 송동만이 갈취한 건 현금이 아니라 지훈이의 꿈이었다. 그건 세상을 널리 이롭지 못하게 만드는 짓이었고, 홍익인간 현아의 아드레날린을 자극하는 짓이었다.

현아가 손을 내뻗자 송동만은 순식간에 가게 출입구 벽면에 들러붙었다. 몸이 공중에 뜬 상태는 아니었다. 왼발은 얌전히 땅에 붙이고 오른발은 지면 위로 살짝 들어 올린 비뚜름한 자세였다. 그래야 송동만이 더 미친놈처럼 보일 것이기 때문이다. 현아는 계속 송동만을 밀어붙였다. 송동만은 강한 압박감에 숨을 헐떡거렸다.

"동만아, 이거 부동산에 갖다주고 와. 훈제 야채 무침이랑 막걸리 두 병 해서 3만 2천 원이다."

사정을 알 리 없는 사장이 아들에게 비닐봉지를 건넸다. 팔을 한참이나 내뻗고 있어도 아들이 받질 않자 사장이 역정을 냈다.

"뭐 해? 꾸무럭거리지 말고 빨리 갖다주고 와."

현아는 자기가 나설 차례가 되었음을 알았다. 한 손은 남들 모르게 여전히 송동만 쪽으로 뻗은 채였다.

"할머니, 그런데 저 아저씨요, 아까 동흔고 남자애 돈 뺐고 뺨 때렸어요. 돈 뺏긴 애가 우리 반 친구라서 알아요. 할머니가 저 아저씨 혼내 주시고요, 내 친구한테서 가져간 돈 40만 원도 돌려주라고 해 주세요. 대포 카메라 판다고 뻥 치고 뜯어 간 그 돈 말이에요. 내일까지 안 돌려주면 사기 및 폭행 혐의로 경찰에 신고할 거예요."

이윽고 사장의 눈에서 불꽃이 튀었다.

"야, 이 썩을 놈아, 어째 한동안 잠잠하다 했더니 또!"

사장은 손에 들고 있던 볼펜을 패대기치고는 아들에게 달려들었다. 현아는 이쯤에서 빠지기로 했다. 뒷일은 송동만의 모친에게 맡겨도 충분할 것 같았다. 현아가 손에서 힘을 빼자마자 송동만은 바닥으로 고꾸라지더니 덜 소화된 것들을 질펀하게 게워 냈다. 불의하게 빼앗은 것은 다시 토해 내야 하는 법. 송동만이 그 교훈을 얻었다면 세상은 널리 이로워질 것이다. 홍익인간의 출사표로 괜찮은 사건이었다. 현아가 홍익인간의 첫 미션을 성공리에 마무리하고 먹자골목을 활보하고 있을 때, 미카는 고시텔에서 유럽 리그 방송을 보고 있었다.

고시텔 총무가 유럽 리그 애청자라는 사실을 알아낸 건 미카가 이 세계에서 이뤄 낸 최고의 발견이었다. 미카는 비로소 이 세계에 조금 정이 붙는 것 같았다. 설계자 세계에서 볼 때는 호날두와 메시가 눈에 띄었는데, 막상 이 세계에 들어와서 보니 유럽 리그의 최강자는 네이마르였다. 한 가지 아쉬운 점이라면 차붐의 후예인 손흥민이 분데스리가가 아닌 프리미어 리그에서 뛰고 있다는 점이었다. 미카는 손흥민이 독일로 다시 돌아가길 바라는 설계자들 중 하나였다.

미카 생각에 손흥민은 프리미어 리그보다 분데스리가가 더 어울렸다. 득점수 문제가 아니라 카메라 앵글의 차이였다. 손흥민은 상대 진영의 빈 공간을 잘 파고드는 선수인데, 이런 활약상을 시원시원하게 잘 잡는 게 분데스리가 카메라였다. 영국의 카메라들은 소금 간이 안 된 음식처럼 밍밍한 구석이 있었다. 차붐은 오래전에 은퇴했고, 차붐을 향한 미카의 애정은 손흥민에게로 옮아갔다. 이 세계로 다이빙하기 직전 미카는 성씨를 '손' 씨로 할지 '차' 씨로 할지 고민했다. 전설의 차붐이냐 피 끓는 현역 손흥민이냐. 그건 마치 이 세계의 '엄마가 좋아, 아빠가 좋아' 만큼이나 무의미한 선택지였다. 오랜 고민 끝에 미카가 손 씨 성을 택한 건 손흥민도 차붐처럼 전설이 되길 기원하는 의미에서였다.

그리하여 미카에게 이 나라는 차붐과 손흥민의 나라였다. 또한 락싸멘툼을 남발하고 다니는 강현아의 나라이기도 했다.

토트넘과 맨시티의 경기 후반전. 토트넘이 프리킥 찬스를 얻어

낸 상황이었다. 키커는 에릭센이었다. 에릭센이 몸을 푸는 그 순간 행당 시장 쪽에서 락싸멘툼 에너지가 감지되었다.

젠장! 강현아! 타이밍도 더럽게 못 맞추지!

욕이 절로 나왔다. 당장 가야 한다는 걸 알지만 미카는 텔레비전 화면에서 눈을 뗄 수가 없었다. 프리킥 결과가 궁금한데 에릭센도 자꾸 시간을 끌었다. 결국 미카는 한숨을 내쉬며 자리를 박차고 일어났다.

"넌 이런 순간에 똥이 나오냐? 어디 가서 축구 팬이란 소리 꺼내지도 마. 불경스러운 놈."

미카가 화장실에 가는 줄 알고 총무가 혀를 찼다. 미카는 휴게실을 나서자마자 곧장 행당 시장, 문제의 능이백숙집 건물로 이동했다. 에릭센의 프리킥을 기다리던 그 잠깐 사이에 현아는 사건 현장을 떠나고 없었고, 플라스틱 빗자루로 젊은 남자를 두들겨 패는 노파만 있었다. 남자가 퍼질러 앉은 곳 주변의 공간이 휘어져 있었다. 락싸멘툼의 흔적이었다. 락싸멘툼을 얻어맞았다면 장기가 덜덜 떨리고 앞으로 몇 시간은 몸의 균형을 잡을 수 없을 것이다. 어디 편히 누워 있어도 힘들 판에 빗자루 세례까지 감당하느라 남자는 정신을 못 차렸다.

강현아도 강현아지만 엄마로 추정되는 사람이 저렇게 매질을 할 정도면, 뭔가 단단히 잘못한 모양이군. 미카는 남자를 내버려두고 건물을 빠져나왔다. 원래 설계자는 인간의 삶에 개입하지 않는 게 원칙이니까.

"홍익인간이 되겠노라 선언한 뒤 첫 행적치고는 적절한 선에서 마무리됐군. 크게 다친 사람도 없고, 다행이야."

무심코 중얼거리다 말고 미카는 멈춰 섰다. 다행이라니! 적절하다니! 시뮬레이션 세계의 인간에게 적절한 락싸멘툼이란 있을 수 없다. 어떤 계기에서든 어떤 세기로든 인간은 그 힘을 써서는 안 되었다. 정신 차리자, 미카! 일단 강현아를 만나야 했다. 하지만 행당 시장 먹자골목을 30분 가까이 헤매고 다니도록 현아는 코빼기도 보이지 않았다. 현아가 락싸멘툼 에너지를 사용하지 않으면 미카도 현아를 찾을 길이 없었다.

"얘는 또 어디 간 거야?"

거리엔 벌써 취객들이 하나둘 눈에 띄기 시작했다.

현아는 찾을 길이 없고, 토트넘과 맨시티의 후반전 경기는 궁금했다. 결국 미카는 고시텔 휴게실로 돌아갔다. 일 대 일 상황에서 경기가 늘어지고 있었다. 손흥민은 쉼 없이 움직였지만 이렇다 할 찬스를 못 만들고 있었다. 양 팀 모두 선수 교체 카드를 다 썼지만 경기는 풀릴 기미가 없었다. 후반전도 끝나고 추가 시간이 4분 주어졌다. 참말이지 보나마나 한 후반전이었다. 차라리 강현아나 더 찾아볼걸. 미카는 후회가 되었다. 축구에 빠져서 오류X의 감시자라는 신분을 잠시 망각한 것이다.

미카는 휴게실에서 나와 현아의 집 근처 골목으로 텔레포트했다. 최배달이 락싸멘툼이 가미된 정권지르기로 미카를 날려 버렸던 그 골목이었다. 다세대 주택 3층인 현아네 집은 불이 꺼져 있었다. 미카는 현아네 집 앞에서 편의점까지 왔다 갔다 하며 현아를 기다렸다. 하지만 텅 빈 골목에 어둠만 짙어져 갈 뿐 현아는 오지 않았다.

현아가 락싸멘툼 에너지로 사고라도 쳐서 위치를 알려 주었으면 하는 마음과, 이 세계의 안위를 위해 제발 얌전히 있어 주길 바라는 마음. 결이 다른 파동이 충돌하며 미카의 마음속에 간섭무늬를 만들어 내고 있었다.

"홍익인간 이거 왜 이렇게 안 와? 또 어디 가서 사고 치는 건 아니겠지?"

도장을 깨려는 자

현아는 동네 '용인대박사 홍인성 태권도' 도장 바닥에 가부좌를 틀고 앉아 있었다. 눈까지 꼭 감은 채였다. 태권도를 배운 적도 없었고, 이곳 수련생들과는 일면식도 없는 사이였다. 관장은 학원 차로 아이들을 데려다주러 갔고, 9시부 수련생인 중학생 네 명은 뜨악한 눈길로 창문 쪽 벽에 붙어 있었다. 그중 하나가 용기를 내어 물었다.

"무슨 일로 오셨어요?"

"홍 관장님께 한수 가르침을 받으러 왔네. 자네들은 신경 쓰지 말고 수련이나 계속 하시게. 내 방해하지 않을 테니."

아닌 게 아니라 현아는 미동조차 없었다. 수련생들이 나직이 귀엣말을 주고받았다.

"또라이 맞다니까."

"한수 가르침을 받겠다는 거, 그거 한판 붙겠단 거 맞지?"

"우리가 손 좀 봐 줄까?"

"관장님 친척일지도 몰라. 아니면 숨겨 둔 딸이거나."

"근거 있어?"

"있지. 이 동네 여자애들이랑 누나들은 죄다 저 옆에 스타클래스 태권도 다니잖아. 거기 대학생 사범님들이 다 잘생겨 가지고. 그런데 우리 도장에 여학생이 왔다는 건 최소 관장님과 혈연관계란 뜻이야."

그 대목에서 아이들은 하나같이 고개를 끄덕였다.

"시바, 나도 도장 옮기고 싶다."

누군가의 회환에 찬 고백으로 대화는 끝이 났다.

사실 지금 남의 도장에 가부좌를 틀고 앉아 있는 이는 최배달이었다. 최배달의 데이터가 다시 등장한 건 10분 전쯤 태권도장 1층 출입구 근처에 세워져 있던 오토바이 때문이었다.

아까 현아는 송동만을 응징한 뒤 지훈이를 만나고 돌아오는 길이었다. 우거지상을 하고 있는 녀석에게 곧 돈을 돌려받을 거라 알려 주었다. 만약을 대비한 당부도 잊지 않았다.

"송동만이 협박하거나 혹시 딴소리를 하거든 이렇게 전해 줘. 그땐 사거리 장수탕 굴뚝에다 매달아 놓는 수가 있다고."

지훈이는 의구심과 신뢰가 갈마드는 눈빛으로 고개를 끄덕였다. 현아가 오기 전 송동만한테서 돈을 돌려주겠다는 연락을 받은 것이다. 송동만이 들먹인 '네 친구라는 그 조그맣고 삐쩍 마른, 또라이 같은 여자애'는 현아가 틀림없었다. 하지만 강현아가 무슨 수로 송동만을 제압했는지는, 심지훈의 상상력을 모조리 동원해도 풀 수 없는 수수께끼였다.

지훈이와 헤어지고, 가벼운 발걸음으로 집으로 돌아가던 현아를 오토바이가 잡아 세웠던 것이다. 오토바이 짐칸에 새겨진 글자 때문이었다.

배달의 민족.

현아의 의식에 숨어 있던 최배달이 '배달'이란 두 글자에 응답했다. 밤거리를 응시하던 무도인 최배달은 상가 건물 3층의 '용인 대박사 홍인성 태권도' 간판을 발견하고 곧장 도장으로 들어섰다. 관장은 보이지 않고 어린 수련생들끼리 치고받고 놀고 있었다. 무도인 최배달의 첫마디는 일갈이었다.

"홍 관장이 게을러빠진 수련생들을 두었군. 간판 다마가 두 개나 나갔는데 갈아 끼우지도 않고서."

현아는 평생 전구를 '다마'라 칭한 적이 없었다. 다마는 무도인의 언어였다.

일은 이렇게 된 거다.

그러니까 지금 태권도장 안에 가부좌를 틀고 앉아 있는 이는 현아가 아니라 무도인 최배달이었다. 무도인은 가만히 눈을 감고서 『미야모토 무사시』의 한 장면을 떠올리고 있었다. 무사시의 어릴 적 친구인 마타하치가 후시미 성의 공사장에서 돌을 져 나르고 있었다. 한때는 입신과 양명을 꿈꾸었고 진정한 무사의 길을 염원했으나 현실은 남루하기 짝이 없었다. 친구인 무사시는 이미 무인으로서 세간에 이름을 떨치기 시작했는데, 마타하치는 먼지 폴폴 날리는 공사장에서 날품을 팔아 연명하는 처지였다.

최배달은 눈을 와짝 떴다. 저 얼뜨기 수련생들에게 미야모토 무사시의 교훈 한 토막을 나눠 주고 싶었다. 최배달이 손을 까딱거리자 수련생들이 쭈뼛쭈뼛 그 곁으로 모여들었다.

"자네들 미야모토 무사시와 마타하치의 차이를 아는가?"

당연히 수련생들은 모르는 이름들이었다. 하지만 그들에겐 스마트폰이 있었다.

"미야모토…… 누구라고요? 다시 말해 주세요."

"미야모토 무사시와 마타하치일세."

그리하여 수련생들은 구글 창이 찾아 준 소설의 줄거리에 도달했다.

"소설에 나오는 사람들이네요."

"그렇다네. 내가 해마다 재독하며 무도인의 삶을 배우는 책이라네."

그 순간 볼살이 통통한 수련생이 스마트폰을 들여다보며 구시렁거렸다.

"그냥 무협지잖아. 표지부터 대박 고리타분하게 생겼네."

최배달이 수련생 쪽으로 손을 뻗자 수련생의 몸이 저쪽 벽까지 절로 떠밀려 갔다. 상대가 악한이 아니라 가르침이 필요한 어린아이일 뿐이어서 강한 힘을 쓰진 않았다. 신체적 상해는 전혀 입지 않았지만 수련생은 거의 까무러치기 직전이었다. 나머지 두 명도 휘둥그레진 눈으로 입을 틀어막았다.

"『미야모토 무사시』는 무인이라면 한 번쯤 읽어 봐야 할 책이라는 걸 명심하게. 거기에 미야모토 무사시와 마타하치라는 두 친구가 나온다네. 둘은 어릴 적 함께 뛰놀던 사이지. 하지만 훗날 두 친구는 완전히 다른 인생으로 접어들게 된다네. 무엇이 이 둘의 인생을 나뉘게 했는지 말해 보게."

최배달은 곁에 있는 두 명의 수련생과 차례로 눈을 맞추었다. 둘은 얼른 스마트폰을 뒤졌다. 그사이 볼살이 통통한 수련생은 줄넘기 걸이가 있는 쪽 벽면에 들러붙어 버둥거렸다. 경쟁적으로 검색에 들어간 수련생들 중에 먼저 고개를 치켜든 것은 안경을 쓴 수련생이었다.

"여깄다. 무사시는 여인의 유혹을 견뎠으나 마타하치는 유혹에 무너졌다, 라고 돼 있는데…… 이게 뭔 소리지?"

"지금 누구의 답변을 보고 읽은 건지 모르겠네만, 그 답을 쓴 자에게 전하게. 『미야모토 무사시』를 어디 똥뒷간에서 읽었느냐고. 처음부터 제대로 읽으라고 말이네. 무사시와 마타하치의 삶을 가른 것은 끝없는 물음이었네. 무사시는 인생이 물음의 연속이라는 걸 알았지. 물음을 좇는 자에게 여인은 답이 될 수 없었던 거야. 무릇 인생이란 걷고 또 걷고 묻고 또 물으며 황량한 길을 더듬어 가는 것이니."

상대가 궁금해하지 않는 걸 굳이 가르쳐 주기, 자기가 원하는 답이 나올 때까지 상대를 몰아가기, 그래 놓고 결국 자기 입으로 정답 말하기. 수련생들은 무도인의 가공할 꼰대력에 입이 떡 벌어졌다. 그러거나 말거나 무도인의 얼굴에는 흡족한 미소가 번졌다.

"너도 그만 이리 오너라."

최배달은 여태 벽에 붙여 두었던 수련생을 풀어 주었다.

실로 아름다운 밤이었다. 어린 수련생들과 도장에 밴 땀 냄새. 여긴 무도인이 태어나는 생명의 밭이었다. 몸이 자유로워진 수련생이 겁에 질린 얼굴로 슬금슬금 최배달 근처로 기어 왔다. 그때 홍 관장이 요란한 전화 통화를 하며 들어섰다.

"아따 마, 식겁했다. 펭소보다 딱 5분 늦게 도착한 거를 가지고 김재헌이네 할매가 막 욕을 퍼붓는데 학을 떼겠더라. 그래, 아들은 다 밥뭇나? 숙제들도 다 했고? 막내는 씻겼제? 고거 아빠 안 찾드나? 허허, 그라믄 내 기다리지 말고 니도 고마 일찍 자라. 종일 새끼들 돌보니라고 쉬다 몬 했을 긴데. 내 마지막 부 퍼뜩 끝내고 드가께."

홍 관장은 용인대박사 홍인성 태권도장의 대표이자 유일한 사범이었고, 세 아이의 아빠였다. 그는 차로 8시부 수련생들을 집에 데려다준 뒤, 마지막 부 수업을 하려고 부랴부랴 태권도장으로 돌아오는 길이었다.

관장의 얼굴을 보자마자 원생들은 울먹이며 달려들었다. 아이들은 좀 전에 있었던 일들을 두서없이 일러바쳤다. 정확한 사태 파악은 안 되지만 홍 관장은 일단 목을 빼어 현아를 살폈다.

"혹시 등록 상담 왔나?"

홍 관장의 말에 현아는 천천히 몸을 일으켰다. 그러고는 허리를 굽혀 인사를 했다.

"홍 관장, 반갑소이다."

그러자 안경을 쓴 원생이 귀엣말을 했다.

"완전 맛이 갔다니까요. 하지만 초능력이 있으니까 조심해야
돼요."

홍 관장은 품에서 원생들을 떼어 내고서 최배달에게 다가갔다.
홍 관장은 도장을 찾아온 사람이면 누구든 함부로 내치는 법이 없
었다. 그는 아들 둘에 딸 하나를 키워야 하는 아빠였다. 여자아이
는 정신은 온전치 않아 보였으나 행색은 또 멀끔했다. 단발머리도
가지런했고 피부도 반질반질했으며, 하얀 티셔츠에 청바지를 받
쳐 입은 모양새도 단정했다. 이는 아픈 딸을 애지중지 보살피는
부모가 있다는 뜻이었다. 또한 저 아이를 관원으로 영입하면 관비
를 내 줄 보호자가 있다는 뜻이기도 했다. 실제로 홍 관장은 태권
도 수련이 정신과적 치료에 도움이 된다고 믿는 사람이었다.

"그래, 니 이름이 뭐꼬?"

"이름이라……. 다른 사람들처럼 오야마 선생이라 불러도 좋고,
최배달이라 해도 좋소. 둘 다 내 이름이니."

홍 관장은 잠시 헛기침을 했다. 여자아이의 상태가 생각보다 심
각해 보였기 때문이다.

"그래, 이름은 그렇다 치고. 이 밤에 혼자서 여긴 우짠 일로 왔
노?"

"지나가는 길에 무도인의 도장이 있기에, 무공을 겨뤄 봄이 어

떨까 하여 들어왔소. 아! 세간에는 나의 이런 행보를 도장 깨기라 한다지요."

"뭐, 뭐? 도장 깨기? 최배달의 도장 깨기 그거 말하는 기가?"

홍 관장은 기가 막혔지만 상대가 무안해하지 않도록 얼른 표정을 추슬렀다. 체육 대학, 선수촌, 군대, 회사, 공사 현장, 도장을 전전하며 깨달은 바는 미친 자와 멀쩡한 자를 무 자르듯 가를 수 없다는 사실이었다.

"그래, 최배달, 니 어데서 왔노? 부모님은 니가 여 온 거 아시나? 집이 어덴지 말해 주믄 내가 데리다주께."

"홍 관장, 부디 내 청을 받아 주시오. 무인과 무인이 만나면 힘을 겨루고, 패자가 승자에게 한 수 배우는 게 이치 아니겠소. 아까 도장에 들어서면서 짧게나마 저 아이들이 수련하는 걸 봤소. 방어와 공격이 따로 놀더이다. 한 손으로 방어하면서 동시에 다른 손을 내질러야 승산이 있는데 말이오. 그러니 홍 관장과 나의 대련으로, 저 수련생들에게 교차법을 가르쳐 주는 게 어떠하오?"

말이 끝나기 무섭게 최배달은 교차법을 시연해 보였다. 교차법은 방어와 공격을 동시에 이루는 기술이었다. 최배달은 왼팔 얼굴 가로막기 동작과 오른팔 정권지르기 동작을 거의 동시에 이루었다. 현아의 손목이 워낙 가는 데다 근력이 부족해서 그리 위협적인 느낌은 없었으나 교차법 동작만큼은 완벽에 가까웠다.

원생들 입에서 절로 탄성이 흘러나왔다. 홍 관장도 다시 찬찬히 현아를 훑어보다 말고 한 박자 늦게 감탄을 쏟아 냈다.

"내 펭생에 최배달 스타일로 미친 아는 또 처음이네."

그 말이 무도인을 자극하고 말았다.

"홍 관장!"

현아의 목소리가 태권도장에 쨍! 하고 울렸다.

"어찌 무도인이 무도인을 모욕한단 말이오? 내 오늘 명예로운 대련을 하고자 이곳에 왔으나 무인을 대하는 홍 관장의 태도에 모욕감을 느꼈소. 이리 된 이상 한 수 가르치고 떠나야겠소."

말이 끝나기 무섭게 최배달은 홍 관장의 가슴 쪽으로 주먹을 내질렀다. 당할 자가 없었다던 최배달의 정권지르기였다. 물론 최배달의 주먹이 홍 관장의 가슴에 직접 닿지는 않았다. 홍 관장을 떠민 건 락싸멘툼이었다. 원생들은 비명을 지르며 구석으로 달아났고, 홍 관장은 출입구 쪽으로 밀려갔다. 초속 25㎧ 노대바람 정도의 힘이 홍 관장의 흉부를 떠밀었다.

"니…… 니 뭐꼬? 다…… 당신 누구냐니까!"

홍 관장도 호락호락하진 않았다. 한쪽 다리를 뒤로 뻗고 상체를 숙인 자세로, 두 팔로 흉부를 방어했다.

"말했잖소. 지나가던 무도인 최배달이라고."

"야! 강현아!"

미카가 태권도장 유리문을 밀치고 뛰어든 건 그때였다.

돌아오는 길

가까스로 의식의 주도권을 되찾은 현아는 골목 길바닥에 주저 앉아 버렸다.

"전에 네가 말한 그 무도인 할아버지. 내가 또 그 사람처럼 군 거야?"

"그래. 태권도장에서 넌 강현아가 아니라 무도인 최배달이었어. 꽤나 이름을 날리던 분이야."

미카는 태권도장 관장과 원생들에게 짧게 전해 들은 것들을 현아에게 일러 주었다. 현아는 한숨이 절로 나왔다.

"미쳤어, 강현아! 미쳤다고! 세상을 널리 이롭게 하겠다 해 놓고선 민폐를 끼치다니. 손미카, 나 왜 이런 건데? 혹시 나…… 미친 거야?"

"암시에 걸리는 거야. 최배달과 관계된 특정 물건이나 그림을 보면 네 안에서 최배달이 깨어나는 거야. 전에는 작약꽃과 황소 그림을 보고 암시에 걸렸어. 오늘도 분명 최배달과 관련된 뭔가를 봤을 거야."

그제야 현아는 태권도장 건물 1층에 세워져 있던 오토바이를 기억해 냈다. 오토바이 짐칸에 새겨져 있던 글자, 배달의 민족…….

그날 밤, 현아는 이불을 뒤집어쓰고 뒤척거렸다.

언제부턴가 현아의 머릿속을 부유하는 어렴풋한 이미지들…….
일본어로 된 소설책과 거대한 황소들, 링 위에 마주 선 무에타이 선수, 눈빛이 매서운 칼잡이는 대체 뭐란 말인가. 현아의 인생과는 접점도 없고 스토리 자체도 황당무계한 것들이었다. 하지만 모든 장면이 하나같이 일인칭으로 전개되었다. 마치 현아의 기억인 것처럼.

태권도장에서 넌 강현아가 아니라 무도인 최배달이었어. 어쩌면 미카의 말은 허튼소리가 아닐지도 모른다. 감추는 게 많아서 탈이지 손미카는 거짓말쟁이는 아니었다. 미카는 이 현상을 암시에 걸린 거라 했다. 하지만 암시에 걸리는 일도 현아 안에 최배달의 기억이 있다는 사실을 전제한 것이었다. 가능성은 두 가지였다. 현아 안에 또 하나의 자아가 있거나, 최배달 귀신이 씌었거나. 해리성 인격 장애 혹은 빙의. 최악의 선택지였다.

최배달의 인격이 튀어나온 것으로 추정되는 일들을 되짚어 보던 현아는 더는 미룰 수 없는 물음에 다다랐다. 손미카, 넌 대체 누구야? 내가 최배달이 될 때마다 득달같이 달려오던 넌 누구냐고? 온갖 상상력을 동원해 봐도 긍정적인 결론엔 도달할 수 없었다.

녀석이 현아를 대하는 방식은 늘 감시와 경고였으니까.

현아는 침대를 박차고 나와 노트북을 켰다. 미카 말대로 과연 최배달은 유명 인사였다. 인터넷엔 그의 생애를 다룬 영상과 자료들이 넘쳐 났다. 그의 생애를 다룬 〈지상 최대의 가라데〉는 무려 800만 명의 관객을 동원했다고 한다. 현아는 이름조차 몰랐으나 세상엔 그를 기억하고 추종하는 사람들이 수두룩했다. 그런 최배달의 스토리가 어쩌다가 자기 머릿속에 들어왔는지는 알 수 없었지만 현아는 최배달 관련 자료들을 하나하나 섭렵해 갔다. 그래야만 최배달의 인격이 다시 튀어나오려 할 때 눈치라도 챌 테니까.

아침 8시.

용인대 박사 홍인성 태권도장이 있는 상가 건물은 1층 출입구가 닫혀 있었다. 간밤의 난동에 대한 사과 편지를 남기려고 왔는데 3층 태권도장으로 올라갈 수가 없었다. 상가 건물을 살피며 뱅뱅 돌았지만 다른 출입구는 없었다. 현아는 롤케이크 두 개가 든 종이 가방을 내려다보며 입술을 깨물었다.

내가 난동을 부려서 관장님이랑 원생들이 많이 놀라고 상처받았을 거야. 그러니까 그분들에게 사과를 하는 건 이 도장 사람들을 이롭게 하는 일에 해당하고, 홍익인간의 정신에 맞는 거야. 현아는 속으로 고시랑고시랑 최면을 거는 중이었다. 현아의 손에 깃든 힘은 명분이 있을 때만 세상에 실체를 드러내니까.

이윽고 현아는 건물 1층의 출입문을 향해 손을 뻗었다.

문은 꿈쩍도 안 했다. 현아는 한 걸음 더 다가섰다. 간밤에 찾아

본 홍 관장의 SNS에는 제자들의 사진이 있었다. 원생이 많진 않았지만 홍 관장은 수련 일지까지 꼼꼼히 기록하며 제자들을 가르치고 있었다. 현아는 사진 속 얼굴들을 떠올리며 다시 손을 뻗었다. 그러자 유리문이 흔들리기 시작하더니 어느 순간 확 젖혀졌다.

현아는 3층 태권도장 출입문 앞에 롤케이크와 사과 편지가 든 종이 가방을 내려놓았다.

현아가 떠난 뒤 미카는 태권도장 출입문 앞에 쪼그리고 앉아 종이 가방을 살폈다. 현아가 남긴 편지를 펼쳐 든 미카는 실소를 터뜨렸다.

존경하는 홍인성 관장님께.
관장님께서 유튜브에 올려 두신 선수 시절 동영상을 보았습니다.
힘도 스피드도 최고! 엄지 척!
간밤엔 몰라뵙고 결례가 많았습니다.
롤케이크는 원생들과 함께 드세요.

관장님 팬 K. H. A.

글씨가 어지간히도 못생겼던 것이다.

어쨌거나 강현아가 이 시뮬레이션 세계에 해를 끼치는 존재임을 증명해야 하는 미카로선 골치 아픈 상황이었다. 현아는 자신과는 무관한 최배달의 데이터가 저지른 일까지 수습하려 들었으니까. 정말이지 강현아는 이런 존재라고 똑떨어지게 정의 내리기 힘든 아이였다.

미카가 상가 건물을 빠져나가기 직전, 1층 출입구 유리문에 푸른빛의 글자들이 새겨졌다. 파견처 설계자가 먼저 연락을 해 온 것이다.

- 미카 군, 일은 잘 되고 있는가? 요즘 뜸하군.

미카는 입이 바싹 탔다. 사실 며칠째 상황 보고를 건너뛰고 있었던 것이다.

- 네. 강현아에게 별다른 변화가 없어서 보고를 생략했습니다.

- 강현아라는 이름 대신 오류X라는 명칭을 사용하라고 충고했을 텐데.

- 조심하겠습니다.

- 오류X가 락싸멘툼을 언제, 어디서 사용하는지 우리가 보고 있단 걸 명심하게. 아직 오류X 때문에 다친 인간은 없는가?

미카는 홍인성 관장과 원생의 경미한 부상에 대해 함구했다. 그래야만 할 것 같았다. 이 세계의 현실적인 질감을 모르는 설계자에게 이번 사건을 설명할 자신이 없었다. 특히나 그 롤케이크와 편지에 대해서는.

학교에 도착한 미카의 눈에 가장 먼저 들어온 건 또 머리를 맞대고 있는 강현아와 심지훈이었다. 둘은 휴대폰을 뒤지며 뭐라 뭐라 떠들고 있었다. 보나마나 홍익인간 프로젝트 어쩌고 하는 중이겠지. 그리 생각하면서도 미카는 계속 둘 쪽으로 눈길이 갔다. 헛기침도 해 보고, 필통도 떨어뜨려 보았지만 현아의 주의를 끌진 못했다.

송동만에게서 40만 원을 돌려받은 뒤로 지훈이는 현아의 일에 꽤나 협조적이었다. 홍익인간 프로젝트를 진지하게 받아들인 건 아니었지만 어쨌거나 큰 신세를 졌으니 현아의 이런저런 부탁을 들어주려는 것이었다.

"이런 사건 어때? 오늘 아침에 포털 사이트에서 '화나요' 이모티콘이 가장 많이 달린 기사래."

지훈이가 현아 쪽으로 휴대폰을 돌려 놓았다.

성폭력 가해자의 엄마가 피해자를 모욕하는 글을 SNS에 올렸다는 기사였다. 기사에는 페이스북 캡처 사진이 첨부되어 있었다.

문란하기로 소문난 애 말을 곧이곧대로 믿어 버리는 경찰들한테 무슨 얘길 더 하란 건지. 결손 가정에서 불우하게 자란 건 딱하지만 그렇다고 이런 식으로……

페이스북의 글을 읽던 현아는 고개를 끄덕였다.

"좋아. 일단 메모해 두자."

현아는 기사의 URL 주소를 복사해서 휴대폰 메모장에 옮겨 두었다.

"또 다른 사건 없어?"

"이번에는 학교 폭력으로 자살한 학생 아버지가 포털 사이트 게시판에 올린 글이야. 피해자는 동급생 한 명에게 2년 동안 지속적인 협박과 폭언에 시달리다 자살했는데, 가해자는 아무 처벌도 받지 않았대. 폭력이 실제 있었다는 걸 증명할 만한 신체적 상해가 없고 그 일을 증언해 줄 사람이 없어서래."

"일단 그 사건도 메모해 둬야겠어."

그때였다. 반 친구들이 투덕투덕 장난을 치는 것이었다.

"딜라쇼 티제이 존잘 카리스마, 시바!"

"카리스마는 다니엘 코미어지, 병신아!"

딜라쇼 TJ와 다니엘 코미어는 체급이 다른 종합 격투기 챔피언들이었다. 둘은 킥복싱 흉내를 내며 엉성하게 팔다리를 내뻗었다.

"진짜로 붙어 볼까? 여기서부터 저기 강현아 자리까지가 링이야. 그 밖으로 먼저 튕겨져 나가면 지는 거야."

"애들 얼굴 잘 봐 둬라. 인생 마지막으로 보는 거니까."

시답잖은 대화가 오가는 중에 현아가 자리를 박차고 일어섰다.

"방콕의 링에서 블랙코브라는 킥복서와 승부를 겨뤘었지. 킥복싱 선수답게 발차기가 무섭도록 빠른 무인이었다네. 움직임은 또 어찌나 가벼운지, 로켓처럼 치솟았다가 나를 향해 내리꽂히곤 했지."

반 아이들이 어리둥절한 표정으로 현아를 보았다. 현아가 최배달 상태라는 걸 알 리 없는 지훈이 역시 뜨악한 얼굴이었다. 반 아이들의 어설픈 킥복싱 동작이 최배달의 의식을 불러낸 것이다. 최배달은 블랙코브라와의 승부를 추억하는 중이었다. 블랙코브라는 위협적인 킥복서였다. 경기장에 모인 태국 관중들의 일방적인 응원을 받으며 기세 좋게 솟구치던 블랙코브라…….

"하지만 나 최배달은 움츠러드는 대신 상대의 공격 패턴을 분석했네. 상대에겐 복부를 조준한 날아 차기로 공격을 마무리하는 버릇이 있더군. 나는 또 한 번 날아 차기가 들어오길 기다렸다가 블랙코브라의 정강이에 탓! 결정적인 수도를 박아 넣었네. 실로 잊히지 않는 명승부였지."

다행히 최배달이 락싸멘툼을 사용할 듯한 상황은 아니었다. 그래도 미카는 이쯤에서 현아의 의식을 깨우는 편이 낫겠다 싶었다. 반 아이들 서넛이 현아를 향해 카메라를 치켜들었던 것이다. 설계자의 관점에서 보면 문제될 게 없는 행동이었다. 시뮬레이션 세계의 질서를 해치는 일도 아니었고, 감히 설계자들을 향해 신성 모독을 하는 행위도 아니었다. 그저 피조된 세계에 흔해 빠진 해악들 중 하나일 뿐이었다. 하지만 강현아에겐 폭력이었다. 그 누구도 무도인 최배달에게 의식을 빼앗긴 현아를 촬영하여 조롱거리로 삼을 권리가 없었다. 강현아에 대한 처분은 미카의 고유 권한이었다. 그래서 미카는 현아를 제지하기에 앞서 녀석들의 휴대폰을 날려 버렸다.

그사이 지훈이는 현아에게 달려갔다.

"강현아! 정신 차려! 내 말 들려? 현아야!"

지훈이는 현아의 양쪽 어깨를 잡고 흔들어 댔다.

현아는 불빛도 없고 출구도 없는 깜깜한 방에 갇혀 있었다. 하지만 어딘가에서 현아를 부르는 소리가 들렸다. 현아는 소리가 들려온 쪽으로 더듬어 갔다. 매끄러운 벽면이 이어지다 문이 만져졌다. 얼른 문손잡이를 비틀며 문밖으로 뛰쳐나갔다. 하지만 그곳 역시 어두운 방이었다. 그래도 처음 갇혔던 방과는 달리 작은 창이 하나 있었다. 누군가 창문 앞에 버티고 서 있었다. 현아도 이름을 아는 사람이었다. 현아의 의식 속에 함께 기거하는 무도인 최배달이었다. 현아는 최배달 곁으로 가서 창문을 넘어다보았다. 창밖에서 누군가 방 안을 들여다보고 있었다. 익숙한 얼굴, 익숙한 눈빛, 귀에 익은 목소리……. 잠시 후 무도인이 현아를 돌아보더니 정중하게 길을 터 주었다.

"나가 보시오."

무도인이 비켜서자 창문 아래쪽에 손잡이가 보였다. 현아는 문을 열고 바깥으로 뛰쳐나왔다.

"현아야, 왜 그래? 강현아!"

현아는 지훈이의 눈을 보며 깨어났다.

나도 널 알아

현아는 종일 지훈이만 졸졸 따라다녔다. 5교시 쉬는 시간에는 아예 남자 화장실 근처까지 지훈이를 쫓아갔다.

"그만 좀 따라와, 남들이 오해하잖아."

지훈이가 정색했지만 현아도 어쩔 수 없었다.

혹시라도 또 무도인에게 의식의 주도권을 빼앗기게 되면 지훈이가 필요했다. 지훈이가 현아의 눈을 봐 주고 현아의 이름을 불러 주면 다시 강현아로 돌아올 수 있으니까. 현아는 제 의식 속에 살고 있는 무도인이 나쁜 사람이 아니란 걸 알고 있었다. 하지만 의식의 주도권을 무도인에게 빼앗기는 건 여전히 두렵고 내키지 않는 일이었다. 현아는 현아의 것이니까.

미카는 미카대로 현아 하는 꼴이 탐탁지 않았다. 심지훈 꽁무니만 쫓아다니는 꼴이라니. 심지어 3교시 쉬는 시간에 도촬 위기에서 구해 준 게 누군지 일러 줬는데도 눈 하나 깜짝하지 않았다. 외려 성을 냈다.

"그래서? 지금 번지수가 틀렸다고 알려 주는 거야? 지훈이 말고 너를 따라다녀야 한다고? 생각을 좀 해 봐. 내가 너랑 있으면서 즐거웠던 적이 있는지. 틈만 나면 훈계질을 일삼는 녀석이랑 너 같으면 같이 있고 싶겠냐?"

그러고는 다시 지훈이를 찾아가 버렸다.

미카는 어이가 없어서 웃음을 터뜨리고 말았다. 홍익인간 프로젝트는 핑계에 불과하고 사실은 지훈이와 사귀려는 속셈인지도 몰랐다. 지금껏 홍익인간 프로젝트랍시고 벌인 일도 심지훈이 삥 뜯긴 돈을 찾아 준 것밖에 없으니까. 만약 사심 때문에 녀석을 도운 거라면 강현아는 감히 설계자들의 에너지를 사사로운 일에 써먹은, 불경하고 한심하고 못돼 먹은 인간이었다. 남자 화장실 앞에서 똥 마려운 강아지처럼 바장이고 있는 현아의 손을 잡아끈 것도 그래서였다.

"뭐냐? 아까 알아먹게 설명한 줄 알았는데 더 얘기해야 돼? 좋아, 허심탄회한 시간을 가져 보자."

현아는 짜증을 내면서 4층 양치실까지 따라왔다. 미카는 현아에게 현아는 미카에게 못다 한 말들이 있었던 것이다.

입을 먼저 뗀 건 현아였다.

"너랑 따로 보는 거, 이번이 마지막이면 좋겠어."

"왜? 언제는 사물을 끌어당기는 비법도 알려 달라고 조르더니."

"네 포스는 여전히 탐나. 하지만 어차피 안 가르쳐 줄 거잖아. 넌…… 경고하고 감시하는 것 말고는 할 줄 아는 게 없잖아."

"그래서 심지훈이랑 붙어 다니기로 결심한 거야? 그 녀석은 경고나 감시 같은 거 안 하니까."

"지훈이는 나한테 감추는 거 없어. 지훈이는 날 잘 알아. 무도인 최배달 상태일 때도 걔랑 눈을 맞추고 있으면 다시 나로 돌아올 수 있어. 저 사람은 분명 나를 안다는 느낌이 기억을 되찾아 주는 거야. 그래서 지훈이랑 있으면 맘이 편해. 지훈이는 나한테 필요한 사람이야."

"일종의 고백 같은 거네. 와, 강현아. 너 눈 엄청 낮다. 실망이야."

미카는 말을 뱉자마자 후회했다. 이 시뮬레이션 세계의 시간을 딱 5초만 되돌릴 수 있다면 절대 저따위 말은 하지 않을 것이다. 현아도 말문이 막힌 얼굴로 여짓여짓하다 가 버렸고 미카는 다리에 힘이 풀렸다. 네가 태권도장에서 저지른 만행을 파견처에 비밀로 해 준 게 누군데? 이 배은망덕하고 남자 보는 눈도 더럽게 낮은 강현아…….

6교시 한문 시간.

"거기, 여드름!"

관상도 성질머리도 밥그릇 빼앗긴 핏불테리어 같은 한문 선생이 지훈이를 불렀다.

"너, 왜 자꾸 슬금슬금 뒷문 쪽으로 가는 건데?"

한문 선생 말대로 지훈이의 책상은 뒷문 쪽으로 한참이나 밀려나 있었다. 범인은 미카였다. 미카가 아주 약한 락싸멘툼으로 지훈이의 책상을 조금씩 밀어냈던 것이다. 사정을 알 리 없는 지훈이는 책상을 친구들 쪽으로 다시 끌어다 붙이느라 용을 썼다.

"선생님…… 책상이 자꾸 밀려요!"

"비싼 급식 먹여 놨더니 어디서 헛소리야? 빨리 똑바로 앉아."

현아가 미카를 쏘아보았다. 남들 눈은 속여도 내 눈은 못 속여, 전학생! 그러거나 말거나 미카는 다시 슬쩍슬쩍 지훈이를 밀었다. 지엄한 설계자 체면만 아니라면 저 녀석을 10킬로미터쯤 떨어진 곳으로 날려 버리고 싶었다.

지훈이가 버둥거리는 꼴을 보고 아이들 몇이 웃음을 터뜨렸다.

"이 반 새끼들 수업 태도 왜 이래?"

한문 선생이 교과서를 탁 엎고는 아이들을 훑었다. 설계자 미카에게도 온몸 가득 긴장감이 전해질 정도로 교실엔 기분 나쁜 정적이 흘렀다. 대부분의 아이들이 정자세로 돌아왔는데 딱 두 사람만이 제 할 일에 바빴다. 여전히 책상과 씨름 중인 지훈이와 현아 바로 앞에 앉은 지예나. 뷰티 유튜버이기도 한 예나는 '꼰대 수업 시간에 화장 고치기'란 콘셉트의 동영상을 촬영하는 중이었다. 하지만 촬영에 너무 심취한 나머지 분위기 파악에 실패하고 말았다.

"거기, 거울 들여다보고 화장 고치는 놈!"

한문 선생이 예나를 지목했다. 예나는 그제야 화장품 파우치를 책상 속으로 감추었다. 현아는 예나야 어찌 되건 말건 상관없었다. 학기 초에 예나가 '우리 반 심해 오징어 사람 만들기 프로젝트'의 주인공으로 현아를 지목한 뒤로 현아는 예나를 싫어했다. 현아의 노메이크업 상태를 신랄하게 지적하는 것도 꼴불견이었지만 무엇보다 현아는 남의 인생을 함부로 건드리는 인간을 용납하지 못했다.

"너부터 엄마 전화번호 불러. 애를 어떻게 가르쳤기에 이렇게 간뎅이가 부었는지 물어나 보게."

예나는 고개를 숙이고만 있었다.

"엄마 전화번호 대라고!"

한문 선생이 다시 소리치자 예나가 조그맣게 대꾸했다.

"엄마 전화번호 없습니다."

현아는 예나와 한문 선생을 번갈아 보았다. 뭔가 일이 세상에 이롭지 않은 방향으로 흘러가는 느낌이 들었다.

"뭐? 너희 엄마 원시인이야? 휴대폰 없으면 집 전화라도 있을 거 아니야?"

"엄마…… 안 계십니다."

현아는 눈을 질끈 감아 버렸다. 거기서만 멈췄어도 일은 일어나지 않았을 것이다. 하지만 미친 핏불테리어 한문 선생은 한번 성질이 뒤집어지면 끝을 보는 성격이었다.

"그럼 아빠 번호 불러."

"아빠…… 안 계십니다."

"확실해? 그럼 누구랑 사는데?"

그러자 현아가 의자를 뒤로 확 빼며 소리를 질렀다.

"아 시발, 적당히 좀 하라고!"

딴 사람 인생을 쇠꼬챙이로 들쑤셔야 속이 시원하냐고! 너 같은 인간이 혼이 좀 나야 널리 세상이 이로워질 거야. 현아가 손을 치켜들자 한문 선생의 몸이 튕겨져 날아갔다. 뭔가에 옆구리를 세게 들이받힌 것처럼 측면으로 휙 날아가더니 교실 앞문과 강하게 충돌했다. 그제야 한문 선생은 입을 다물었다.

예나는 엎드려 버렸고 현아는 그대로 교실을 뛰쳐나갔다.

미카가 현아를 찾아낸 곳은 후문 근처였다. 현아는 교직원용 주차장과 후문 사이의 사이프러스 정원에 웅크리고 있었다. 현아에게 달려가던 미카는 검은색 승용차 옆면에 푸른빛의 글자들이 새겨지는 걸 보았다. 파견처 설계자가 미카가 위치를 확인한 뒤 통신창을 연 것이다.

- 미카 군, 응답하게. 건물 내부에서 락싸멘툼이 사용된 게 확인되었네. 왜 곧장 보고하지 않은 건가? 자칫 대형 사고로 이어질 수도 있는 상황이었어. 대체 어찌 된 일인가?

미카는 푸른빛의 글자를 지나쳐 현아에게 갔다.

현아는 미카를 보자마자 사이프러스 가지를 젖히며 일어났다.

"왜 또? 무슨 소리로 야단치려고 따라온 건데?"

똑같은 일이 반복된다 해도 현아의 선택은 아마 같을 것이다. 한문 선생은 인간이 인간에게 하지 말아야 할 짓을 했으니까. 하지만 한문 선생을 응징한 게 정말로 홍익인간 강현아의 일이었는지는 확신할 수 없었다. 예나를 추궁하는 과정에서 선생은 현아의 인생까지 들쑤셔 놓았던 것이다. 예나를 찌르던 선생의 말에 외로웠던 여덟 살의 현아가, 열두 살의 현아가, 열다섯 살의 현아까지 움찔움찔했으니까.

"아니야, 잘했어. 그딴 인간이 선생이라는 게 나도 역겨웠거든."

"뭐?"

현아는 미심쩍은 눈으로 미카를 훑어보았다.

그때였다. 급식실 아주머니 두 분이 음식물 쓰레기봉투를 들고 학교 뒷마당으로 나오고 있었다. 미카는 얼른 두 팔로 현아를 감싸 안았다.

"야, 미쳤……."

현아는 소리조차 전해지지 않는 푸른빛의 터널로 빨려 들어갔다. 어느 순간 미카의 체취와 체온도 사라지고 현아도 사라지기 시작했다. 현아라는 몸을 이루었던 원자들이 흩어졌다. 한때 현아의 몸이었던 원자와 원자 사이의 공간도, 원자핵과 전자 사이의 공간도 이제 우주의 허공으로 돌아갔다. 그럼에도 현아는 현아였다. 터널이 현아라는 인간의 정보들을 터널 반대편으로 고스란히 옮겨 주었기 때문이다. 이윽고 터널 끄트머리에 다다른 현아는 그 정보에 따라 다시 취합되었다. 다시 원자핵이 전자를 끌어당기고 전자는 원자핵 주위를 돈다. 원자들이 서로를 잡아당기고 현아가 학교 뒷마당에 있던 그 현아로 재조합되기까지 소요된 시간은 30밀리초. 그건 1초에 지구를 일곱 바퀴 반을 돈다는 빛의 속도로 뉴욕에서 런던까지 가는 데 걸리는 시간과 같았다. 인간이 눈 깜짝할 새에 걸리는 시간은 대개 300밀리초다. 결국 현아와 미카는 눈

깜짝할 새보다 빠르게 공간 이동을 마쳤으며, 현아로서는 무슨 일이 일어났는지 전혀 알 길이 없었다.

현아는 그저 미카의 품에서 하던 욕을 마저 할 뿐이었다.

"…… 어? 이거 안 놔?"

미카의 정강이를 걷어차려던 현아는 금세 잠잠해졌다. 주변 풍경이 갑자기 변해 버렸기 때문이다. 이곳은 학교 뒷마당이 아니었다. 세찬 바람이 부는 타클라마칸 사막 사암 지대였다. 현아의 감각 세포들은 현실감 없는 풍경 앞에 무기력해졌다.

"대체 이게 뭐야?"

"조용한 데서 마저 이야기하려고 데려온 거야. 학교는 오가는 사람이 많으니까."

"여기가 어디냐고!"

"타클라마칸 사막이야. 전에 나한테서 바람 냄새가 난다고 말한 적 있지? 그날 아침에 혼자 여기 왔었어."

"손미카, 너…… 누구야?"

현아의 등 뒤, 바위 절벽에 푸른빛이 어른거렸다.

- 미카 군, 우리가 이 상황을 위기로 이해해도 되겠는가?

하지만 미카는 설계자의 메시지보다 현아가 더 신경 쓰였다. 현아가 혼란스러움과 분노가 갈마드는 눈으로 미카를 쏘아보고 있었다.

"내가 누군지 조금씩 설명하도록 노력할게. 이 자리에서 다 털어놓을 수 없는 건, 처음 널 만났을 때의 미카와 지금의 미카가 다르기 때문이야. 그 변화를 나도 말로 표현하는 게 쉽지 않아. 조금만 더 시간을 줘, 강현아.”

현아의 눈 속에 고여 있던 혼란과 분노가 차차 묽어지고 있었다. 그리고 현아의 등 뒤로 푸른빛의 글자들이 흘러내리고 있었다.

- 방금 의회에서 연락이 왔네. 며칠 내로 오류X의 처분을 두고 표결을 한다는군. 설계 윤리학자들은 여전히 교과서 같은 소리만 읊어 대지만 여론은 우리를 더 지지하는 편이네.

파견처에서 전해 온 소식에 미카는 머릿속이 복잡했다. 하지만 현아는 벌써 사암 지대를 따라 걷고 있었다.

“손미카, 나 미친 거 아니지? 머리가 어떻게 돼 버려서 헛거 보는 거 아니지?”

“아니야. 여긴 타클라마칸 사막이 맞아.”

“그럼 오늘이 내 첫날이네.”

“첫날?”

“응. 이게 그 말로만 듣던 텔레포트잖아. 그러니까 오늘은 내가 처음으로 공간 이동을 한 날이야. 원래 뭐든 ‘첫’이 중요하잖아. 첫눈, 첫틴트, 첫짝꿍, 첫키스 그리고 첫텔레포트! 손미카, 네가 누군지 궁금해 죽을 것 같지만 일단은 좀 둘러볼게. 여기가 타클라마칸 사막이란 거지? 예전의 나라면 무조건 꿈이라고 우겼을 거야. 하지만 내 손바닥에서도 에너지가 튀어나오는 마당에 이젠 뭔들 못 믿겠냐?”

어느새 멀리까지 내려간 현아가 손을 들어 보였다.

미카는 속이 울렁거렸다. 한낱 인간에게 보여 줘선 안 될 것들을 보여 줘 버렸다. 그래서인지 현아는 점점 멀어져 가는데 미카는 현아가 벅차게 안겨 오는 기분이었다. 현아의 세상에 잠입한 전학생 손미카가 아닌 설계자 미카에게로. 미카는 현아 곁으로 텔레포트했다.

찬바람을 뚫고 신나게 달리던 현아가 갑자기 걸음을 멈추었다.

"무도인 최배달이 나오고 싶어 해. 이 바람이 무도인을 불러낸 거야. 무도인의 고향 와룡산에서 맞던 바람이 떠오른대. 내가 비켜 줘야 할 것 같아. 미카야, 나 지훈이한테 데려다줘."

"여기서 그 자식 이름이 왜 나와?"

"지훈이는 날 잘 아니까, 날 다시 꺼내 줄 거야."

"강현아, 나도 널 알아. 나도 널 안다고. 까먹었어? 최배달 상태의 너를 세 번이나 제자리로 돌려놓은 게 누군지. 최배달이 네 의식을 지배해도 상관없어. 내가 널 꺼내 주면 돼."

4장 너를 기억해

집행관

미카는 절대 현아의 홍익인간 프로젝트를 거들지 않았다.

대상을 물색하고 응징하는 건 현아의 일이었다. 다리를 다쳐 도망도 못 가는 길고양이에게 흙을 던지던 20대 커플이 현아에게 모래 세례를 받을 때도 보고만 있었다. 현아가 락싸멘툼으로 근처 놀이터의 모래를 퍼 올린 다음 커플의 얼굴에 인정사정없이 들이부었던 것이다. 커플은 눈도 못 뜬 채 간신히 입에 든 모래를 뱉어냈다. 여자는 코피까지 터졌다. 미카는 오만상을 찌푸리며 멀찍이 떨어져 있을 뿐이었다.

파견처에서도 미카의 행적에 의문을 제기했다.

- 자네와 오류X가 같은 곳에 있는데도 락싸멘툼이 쓰였다는 게 말이 되는가? 설마 오류X가 락싸멘툼을 쓰도록 보고만 있었던 건 아니겠지?

- 제가 수습할 수 있는 정도의 약한 힘이었습니다. 그 일로 다친 사람도 없고요.

- 자네가 오류X와 동행하고도 락싸멘툼을 사용하도록 방치했다면 이건 징계감이네.

파견처 설계자가 경고했지만 미카는 별다른 제재를 가하지 않고 현아와 함께 다녔다. 물론 미카에겐 그래야 할 나름의 이유가 있었다. 첫째는 현아가 툭하면 심지훈을 불러내려 했기 때문이다. 홍익인간 프로젝트를 수행하는 중에 최배달로 돌변할지 모른다는 이유에서였다. 미카는 자신이 심지훈보다 나은 파트너라는 걸 증명하기 위해 부지런히 현아를 사건 현장으로 데려다주었다. 심지훈이 아무리 현아의 죽마고우여도 텔레포트 능력은 없을 테니까. 원래 설계자는 웬만해선 인간을 아끼고 사랑하는 법이었다. 하지만 가끔 예외도 있는 법이었는데, 미카에겐 심지훈이 그랬다. 락싸멘툼을 소유한 인간이 현아가 아니라 심지훈이었다면 미카는 아마 사흘째쯤 녀석을 가루로 만들어 버리고 일을 매듭지었을 것이다. 이 세계에는 주는 거 없이 미운 녀석이 있다더니 심지훈이 딱 그랬다.

미카가 현아의 홍익인간 프로젝트에 동행하는 두 번째 이유는 현아의 응징 방식 때문이었다. 현아는 '눈에는 눈 이에는 이'라는 함무라비 법전의 정신을 따르겠노라 했다.

오늘 저녁에도 현아와 미카는 친구를 자살로 몰아간 학교 폭력 가해자를 혼내 주었다. 자살한 피해자는 신체 상해가 없고, 갈취당한 물품이 없다는 이유로 학교와 경찰의 도움을 받지 못했다. 하지만 현아와 미카가 알아본 결과 가해자는 피해자에게 오줌을 먹이거나 겨울에 발가벗긴 채로 옥상에 세워 두기도 했다. 물론 그 과정에서 미카의 텔레포트 능력이 요긴하게 쓰이긴 했다. 미카는 가해자가 유일하게 속을 터놓는 상대인 사촌 형과 대화하는 현장을 다녀왔던 것이다. 그래서 현아도 가해자에게 아무런 흔적도 남기지 않았다. 몸에 멍이 들지 않게 조심했고, 가해자에게서 티끌 하나도 빼앗지 않았다. 그저 불 꺼진 빌딩 공사장으로 데려가서 20미터 높이 건물 외벽에 30분 정도 붙여 놨다가 다시 내려 주었을 뿐이다.

미카는 그 과정을 숨죽여 지켜보았다. 혹시라도 '눈에는 눈 이에는 이'를 완벽하게 재현한답시고 현아가 가해자를 자살로 몰아갈지도 모르는 노릇이었다. 하지만 현아는 선을 넘지 않았다. 미카는 매번 불안해했지만 현아는 치명적인 위해를 가하지 않는 선에서 응징을 마무리했다. 미카는 저도 모르게 파견처의 결정 사항에 위배되는 결론에 이르곤 했다. 강현아처럼 통제 능력을 갖춘 인간이라면 락싸멘툼을 지녔다 한들 뭐 어떠랴 싶었던 것이다. 시뮬레이션 세계에 위협이 되는 게 아니라, 이 세계에선 보기 드문 통쾌한 장면이 연출되곤 했으니까.

다시 왕십리로 돌아온 현아는 미카를 데리고 편의점으로 갔다.

"세모는 진리다, 너 그거 모르지?"

현아가 삼각김밥 두 개를 골랐다.

"세모는 진리다?"

"응. 피곤할 때 먹으면 피로가 풀리고, 기분이 꿀꿀할 때 먹으면 기분이 좋아지는 만병통치 레시피. 제육볶음 삼각김밥에 삼각포리 커피우유. 이름 하여 세모는 진리다 레시피. 오늘은 이 누나가 세모 레시피를 대접하도록 하지.”

현아는 삼각김밥 두 개, 커피우유 두 개, 나초 칩 한 봉지를 골랐다.

“무슨 날이야?”

“우리 엄마 왔다 갔거든. 그 말은 곧 용돈이랑 냉장고가 풀 파워 상태란 얘기지.”

계산을 마친 현아는 미카를 편의점 앞 파라솔로 데려갔다.

“너, 정말 혼자 살아?”

“응. 아빠는 재혼해서 중국에서 살고, 엄마는 대전에 있는 남자 친구 집에서 주로 지내. 지금 집은 두 사람의 DMZ쯤 돼. 인적 뜸하고 지뢰 터질까 봐 불안할 때 있고 그러거든. 뭐, 그래도 괜찮았어. 제이엠 오빠들 보면서 나 혼자서도 잘 살았어. 요즘 홍익인간 프로젝트를 하다 보니까, 혼자 사는 게 편하고 좋아. 공부 안 한다고, 늦게 왔다고 잔소리할 사람이 없으니까.”

미카는 여린 락싸멘툼으로 나초 칩을 현아의 얼굴 앞으로 밀어 주었다. 현아는 나초 칩을 받아 먹고는 턱을 괴었다. 와작와작 나초 부서지는 소리가 세상이 멀리서부터 무너져 내리는 기척 같았다. 현아에겐 새로운 힘과 일상이 생겼지만 대신 익숙하던 세상은 붕괴되고 있었다. 하지만 그 불길함을 미카에게 들키고 싶진 않았다. 비밀투성이 잔소리꾼 손미카는 오늘따라 조금 귀여워 보였고,

현아는 그거면 됐다고 생각했다. 인간이 타인과 속속들이 고민을 나누고 살아야 하는 건 아니니까. 지금껏 현아는 누구와도 그래 보지 않았으니까.

"왜? 내가 너무 잘생겨서 그래? 불현듯 네 이상형이 나였다는 결론에 도달한 거야?"

미카가 치고 들어오자 현아는 발끈했다.

"그새 잊은 거야? 나 외모 지상주의자라니까. 눈 엄청 높아. 키 크고, 맨투맨 티셔츠랑 스냅백 잘 어울리고, 귀엽다가 섹시했다가 왔다 갔다 하고, 속상하면 나한테 기대서 울고, 나처럼 생긴 애가 이상형인 그런 남자가 이상형이라니까. 대충만 읊어도 너랑 극과 극이잖아."

이번에는 현아가 나초 칩을 공중에 띄워서 미카의 입에 밀어 넣었다.

"두 분 그립지 않아?"

"정확히 언제쯤인지는 기억 안 나는데 엄마 아빠가 나를 원하지 않는다는 걸 알았어. 그래도 엄마 아빠는 날 낳고 키웠잖아. 그래서…… 그립다거나 원망스럽다거나 하는 맘은 별로 없어. 그냥 두 사람한테 지금까지 신세 지고 사는 느낌이야."

미카는 현아가 왜 홍익인간이 되려는지 어렴풋이 알 것 같았다. 부모님이 자기를 원하지 않았다는 자각이 현아의 인생관으로 이어진 것이다. 누군가에게 의지하고 사랑받아야 할 성장기가 신세 지며 살아온 세월로 변질된 것이다. 그래서 현아는 지금 신세 진

마음을 갚고자 하는 것이다.

　미카는 이제 현아한테 그 무엇도 감추고 싶지 않았다. 여전히 설명하긴 힘들지만 더는 미룰 수가 없었다. 왜 현아의 머릿속에 최배달의 데이터가 들어 있는지, 자신은 왜 이 세계로 다이빙했는지…… 현아도 그 모든 진실을 알 자격이 있었다. 하지만 미카는 입을 떼려다 말고 자리를 박차고 일어섰다.

　현아의 어깨 너머, 패스트푸드점 벽면에 푸른빛의 글자들이 새겨졌기 때문이다.

　- 미카 군, 의회의 결정이 내려졌네. 오류X는 그곳 시간으로 열흘 후 소멸될 예정이네. 열흘이라는 시간은, 설계자들의 실수에서 비롯된 일이니 인생을 정리할 시간 정도는 줘야 한다는 설계 윤리학자들의 주장을 받아들인 거라네. 그리고 이 일을 집행할 설계자를 파견하기로 했네. 자네는 그간 오류X를 방치하고 보고 임무를 소홀히 한 대가로, 그 일에서 배제시키기로 했네. 빠른 시간 내에 복귀하도록 하게.

　미카는 패스트푸드점 화장실로 뛰어들면서 곧장 고시텔로 텔레포트했다.

　- 저를 여기로 보내기 전에 그러셨잖아요. 오류X가 이 시뮬레이션 세계의 질서를 깨뜨릴 거라고. 하지만 강현아는 이 세계를 해코지한 적 없어요. 그냥 여기저기 다니면서 사람들 가려운 곳을 조금 긁어 주는 정도였어요. 누군가에게 위해를 가하는 존재가 아닙니다.

　- 의회의 결정이라 돌이킬 수 없네. 그리고 마지막으로 충고하네

만 강현아가 아니라 오류X네.

- 아니요. 현아는 절대 오류가 아닙니다. 거기서 데이터로 보는 것과 여기서 두 눈으로 보는 게 얼마나 다른지, 상상도 못 하실 거예요.

- 미카 군은 속히 복귀할 준비나 하게. 복귀 명령을 거부하면 강제 송환을 실시하겠네.

그걸로 교신이 끊겼다. 미카는 머리를 감싸 쥐었다.

열흘 후면 현아가 소멸된다. 설계자들이 현아를 없애려는 이유는 단 하나다. 설계자들의 실수를 지우기 위해! 하지만 현아가 살아남아야 하는 이유는 얼마든지 있다. 그 애는 홍익인간으로서 더 활약해야 하고, 아직 먹어 보지 못한 음식들이 많았고, 가 보지 못한 곳들도 많았다. 그리고 현아는…… 미카가 더 오래 지켜보고 싶은 아이였다.

깊은 밤, 미카는 현아의 집으로 텔레포트했다.

모든 게 단출한 공간이었다. 밥공기도 하나, 국그릇도 하나, 수저도 한 벌, 머그잔도 하나밖에 없었다. 텔레비전도 없고 거실장도 없었다. 처음부터 미니멀하게 인테리어를 한 게 아니라 필요라는 기준에 따라 하나씩 하나씩 치워 버린 느낌이었다. 그래도 의자와 소파는 만석이었다. 온갖 봉제 인형들이 줄줄이 자리를 꿰차고 있었던 것이다. 현아의 말벗들인 모양이었다. 미카는 몸통이 물렁물렁한 토끼 인형을 집어 들고 현아의 방으로 갔다.

멀리 경상도까지 홍익인간 프로젝트를 다녀오느라 피곤했는지 현아는 세상모르고 잠들어 있었다. 작은 얼굴, 이불을 휘감은 종아리, 양말이 반쯤 벗겨진 발 그리고 쌔근거리는 숨소리……. 미카는 새삼 인간이란 존재의 실체감에 전율했다. 설계자들이 살아 있는 인간을 제거하는 일은 설계자들 역사에서도 흔치 않은 일이었다. 실제로 공식적인 기록물로는 확인할 길이 없었다. 하지만 미카가 다이빙하기 전에 들은 바로는 이 같은 일이 전에도 몇 차례 있었다. 잠든 현아를 보고서야 미카는 그 일들이 기록되지 않은 이유를 알 것 같았다. 저 바깥 설계자들의 눈에는 존재값 1을 지우는 일에 불과하지만, 막상 이 세계로 다이빙해 들어오면…… 속눈썹이 길고, 뺨이 따뜻하고, 이따금 뒤척이며 잠꼬대를 하는 생명체의 숨통을 끊어 놓는 일이니까. 그건 생명체를 탄생시키는 설계자의 본성에 위배되는 일이니까. 그 잔혹한 이야기를 설계자 세계에 차마 퍼뜨릴 수 없어서 모두들 침묵을 택했던 건지도 모른다.

미카는 현아 옆에 토끼 인형을 뉘여 놓고 떠났다.

그리고 그 밤에…….

오밤중 왕십리 동흔동 주민 센터.

폐건전지 형광등 수거함 옆에 허여멀건한 덩어리 하나가 웅크리고 있었다. 이제 막 시뮬레이션 지구로 다이빙한 설계자였다. 그는 미카 같은 청소년이 아니라 군인이었다. 그리고 이번이 두 번째 다이빙이었다.

군인은 몸을 펴고 시뮬레이션 지구의 공기를 들이마셨다.

"오랜만이야, 지구 문명. 이번이 우리의 마지막 접촉이길 빈다."

군인은 날카로운 눈빛으로 왕십리 골목을 훑었다.

지난번 다이빙 때 군인은 로버트라는 이름을 썼다. '로버트'는 〈터미네이터2〉에서 액체 금속 로봇 T-1000을 연기한 배우 로버트 패트릭의 이름에서 따온 것이다. 그땐 군인도 지금의 미카만큼이나 어렸고, 지구의 이런저런 콘텐츠에 열광하던 시절이었다. 하지만 이번에 도착한 곳은 시뮬레이션 지구의 동북아시아 대한민국인 만큼 한국식의 새 이름이 필요했다.

군인은 한국식 이름을 짓기로 했다. 이미 외형은 25세 한국인 남성의 평균 체형과 얼굴로 세팅한 상태였다. 알몸으로 주위를 두리번거리던 로버트는 괜찮은 이름을 찾아냈다.

"거함."

성은 수씨로 정했다. 수거함. 주민 센터 출입구 처마 밑에 놓인 '동흔동 주민 센터 작은도서관 도서 무인 수거함'에서 따온 이름이었다.

수거함은 자기 이름의 마지막 글자가 특히 좋았다. 함……. 한껏 공기를 빨아들인 뒤에 입을 닫는 조음법이 맘에 들었던 것이다. 세상을 입 속에 머금는 기분이랄까. 그건 지금부터 수거함이 하려는 일과도 일맥상통하는 것이었다.

파견처에서 그에게 내린 명령은 단출했다. 열흘간 오류X를 감시하다가, 때가 되면 지체 없이 소멸시킬 것. 군인인 수거함은 생명체를 소멸시키는 일이라면 타의 추종을 불허할 전력을 지닌 자였다. 여러 지원자들 중에 수거함이 집행관으로 최종 선발된 것도 군인으로서의 경험 덕이었다. 최근에도 수거함은 액체형 지성체들을 기화시켜 버린 적이 있었다. 액체형 지성체들이 이제 막 문명을 꽃 피우기 시작한 광물형 지성체들의 행성을 침입했기 때문이다. 설계자들은 특정 행성에 지성체들이 등장하면 일정 수준의 문명을 이룰 때까지는 보호하는 편이었다.

액체형 지성체를 소멸시키는 방법은 기화였다. 강력한 락싸멘툼으로 원자들 사이의 거리를 팽창시켜 버리자, 액체형 지성체들은 기체로 변하기 시작했고 어느 순간 의식마저 해체되어 우주로 증발해 버렸다. 그러자 본토 행성에 남은 액체형 지성체들은 우주 전쟁을 포기했고, 수거함은 초기 문명체 보호라는 임무를 성공적으로 끝낼 수 있었다.

문명의 안정기에 접어든 지구. 왕십리의 밤은 그럭저럭 평화로워 보였다. 수거함은 옷부터 구해 입기로 했다. 다행히 주민 센터 맞은편 다세대 주택 옥상에 옷이 몇 벌 걸려 있었다. 수거함은 옥상으로 텔레포트하여 옷을 걸어 입은 다음, 옥상 난간에 기대져 있는 운동화도 꿰신었다.

"곧 만나겠군, 강현아."

수거함은 어둠 속으로 사라졌다.

돌아온 탕자에게

미카는 교실에서 현아를 기다렸다.

사실 뜬눈으로 밤을 지새운 뒤 고시텔에서 교실로 곧장 텔레포트한 것이었다.

기다리는 현아는 오지 않고 심지훈이 교실로 들어섰다. 350밀리리터 초코우유 두 개를 들고서 말이다. 심지훈은 초코우유 하나를 현아 자리에 올려놓았다.

"혹시나 해서 하는 말인데, 현아 거 뺏어 먹으면 가만 안 둔다."

지훈이가 근처에 앉은 미카를 쏘아보며 말을 이었다.

"현아 같은 외모 지상주의자가 너랑 사귈 리도 없는데, 대체 뭘로 현아를 꼬드겼기에 현아가 너랑 딱 붙어 다니는 거야? 수상한 새끼."

지훈이가 악다구니를 부렸지만 미카는 무덤덤했다. 늘 눈엣가시 같던 녀석인데 오늘따라 녀석이 밉지 않았다. 외려 심지훈이 강현아 인생의 일부로 보였다. 현아의 눈길이 오래 머물렀던 것들은 다 현아의 기억이고 현아의 인생이니까.

"심지훈, 만약에 열흘 후에 세상이 망한다면 강현아는 뭘 할 것 같냐?"

"무슨 말 같지도 않은 소리야? 혹시 너 그렇게 난해한 말들로 현아 꼬드긴 거야? 아 씨, 못살아, 강현아. 스도쿠 잡지 한번 잡았다 하면 끝을 보던 버릇이 인간관계로까지 이어졌구만. 걔가 퀴즈는 꼭 풀어야 되는 애거든."

"네가 현아 친구니까 물어보는 거야. 현아라면 인생의 마지막 열흘간 뭘 할 것 같아?"

"너 정말 현아에 대해 아무것도 모르는구나. 지구 종말이 열흘 남았건 닷새 남았건 간에 현아는 자기가 심취해 있는 일을 계속할 거야. 요새는 홍익인간 놀이에 빠져 있으니까 그 일을 계속하겠지. 현아는 그런 애야. 알지도 못하면서 재수 없게 현아한테 들러붙어서는!"

지훈이는 미카의 책상을 툭 밀치고는 자기 자리로 갔다.

잠시 후 현아가 교실에 도착하자 지훈이는 인사도 생략하고 오늘자 연예 뉴스를 읊었다.

"오늘자 정통 찌라시에 따르면 아론컬처 엔터테인먼트에서 새로 론칭한 보이 그룹 케이엠의 리더 라힘 군이 한류 스타 윤재이의 이복동생이래. 이때껏 거의 왕래가 없던 사이라 서로 누나 동생이라 부르지도 않는데. 그런데 라힘 군 데뷔가 확정되면서 윤재이가 아론컬처 엔터테인먼트로 연락을 해 왔다는 거야."

현아는 그간 홍익인간 프로젝트와 최배달에 정신이 팔린 나머지 하나뿐인 친구 지훈이에게 무관심했다는 걸 깨달았다. 최근 대포 카메라를 장만한 뒤로 지훈이는 파파라치 지망생이 아니라 연예부 수습기자 분위기를 풍겼다.

"그래서 뭐랬대? 응원한다고?"

"아니. 방송국에서 아는 척하거나 어디 가서 자기 이름 팔면 죽여 버리겠다고 했대. 라힘 군도 윤재이도 좀 짠하지 않냐? 그래서 말인데 이따가 수업 끝나고 케이엠 데뷔 쇼케이스 안 갈래? 쇼케이스장 주차장 쪽에 대기하고 있으면 케이엠 멤버들 근접샷 몇 장 건질 텐데."

하지만 현아도 바쁜 몸이었다.

"이따가 어디 좀 가야 돼."

"또 저 자식이랑?"

지훈이가 턱 끝으로 미카를 가리켰다. 미카는 아예 현아 곁으로 가서 현아의 어깨 쪽으로 제 얼굴을 들이밀었다.

"심지훈, 현아랑 나랑 한 컷 부탁해. 너 사진 좀 찍는다며. 인화까지 해 주면 5만 원에 살게."

그러자 지훈이의 띠꺼운 눈빛이 이제 막 MOU 체결을 마무리 지은 사업가의 눈빛으로 변했다.

"혹시 부모님이 영국에서 사업하시냐? 유명한 한식당 그런 거? 너 돈 좀 있나 보다."

지훈이는 빈정거리면서도 카메라를 꺼내 들었다. 그리하여 현아는 얼결에 미카와 사진을 찍었다.

5교시 수업이 끝나자 현아는 서둘러 교실을 빠져나갔다.

오늘 할 일은 홍익인간 프로젝트 중에서도 난도가 높은 축이었다. 일곱 살, 여덟 살 아이를 잔혹하게 성폭행하고 동영상까지 촬영한 것으로 알려진 오형석이 출소하는 날이었기 때문이다. 피해자 가운데 한 명은 정상적인 사회생활이 불가능할 정도로 우울증을 앓고 있으며, 또 한 명은 인터넷에 사진이 공개되어 2차 가해를 입었다.

피해자 중 한 명은 아직 미성년자인데 오형석은 12년 만에 다시 세상으로 돌아온다. 오형석의 출소를 반대하는 청원자 수가 백만 명을 훌쩍 넘었지만 법원에선 재심이 불가능하다는 법적 원칙만 되풀이할 뿐이었다. 현아는 오형석이 수월하게 출소하도록 길을 내줄 생각이 눈곱만큼도 없었다. 그건 세상을 이롭지 않게 하는 일이니까.

오후 2시 50분.

경기도에 위치한 청송 교도소 앞. 현아와 미카는 오후 수업을 땡땡이치고 교도소로 텔레포트한 상태였다. 평소 같으면 멀찍이 떨어져서 구경만 하고 있었을 미카가 오늘은 웬일인지 현아 옆에 서 있었다.

오형석을 만나러 온 사람은 현아와 미카만이 아니었다. 수십 명의 사람들이 두 무리로 나뉘어 시끌벅적하게 대치하고 있었다. 오형석의 출소를 반대하는 시민들과 오형석의 출소를 환영하는 교

인들. 교인들은 플래카드까지 펼쳐 놓고 오형석을 기다리는 중이
었다.

돌아온 탕자 오형석 형제여!
주님을 영접하고 죄사함을 받았으니, 이제 사랑을 전하러 갑시다!

현아가 오형석의 출소를 반대하는 결정적인 이유가 이것이었
다. 오형석은 스스로를 '용서받은 자'라 규정하고 있었다. 교도소
에서 제멋대로 '주님 안의 형제'로 거듭나 버린 것이다. 플래카드
를 펼쳐 든 사람들은 찬양반석교회 교인들로, 10년 전에 오형석에
게 복음을 전한 사람들이었다. 특히나 담임목사인 김베드로 씨는
오형석과 함께하는 전국구 간증 투어까지 기획해 둔 상태였다.
　예정된 출소 시간이 가까워지고 있었다. 미카는 교도소 출입구
만 뚫어져라 보고 있는 현아를 툭 건드렸다.
　"강현아, 혹시 가 보고 싶은 데 없어? 어디든 상관없어."
　"넌 내가 지금 놀러 다니는 걸로 보여? 거치적거릴 거면 저리
가 있어. 어차피 도와주지도 않을 거면서."
　현아는 건성으로 들은 모양이었다.
　"그래도 생각해 봐. 저번에 타클라마칸 사막에 갔을 때처럼 의
외로 신날지도 모르잖아."
　미카가 집요하게 굴자 현아는 우선 머릿속에 떠오르는 곳을 이
야기했다.

"타임스퀘어. 아홉 살 때 엄마 아빠랑 거기 갔었거든. 핫도그도 사 먹고, 무슨 퍼레이드도 봤어. 엄마 아빠는 나 유치원 다닐 때부터 사이가 안 좋았는데 그날은 무슨 바람이 불었는지 양쪽에서 내 손을 잡고 걸었다니까. 난 엄마 아빠가 다시 서로를 좋아하게 됐다고 믿었어. 그래선지 뭐든 다 맛있고 다 재미있는 날이었어. 딱 하루, 우리 가족도 미디어 광고 속 3인 가족의 모습에 부합하던 날이 있었어. 그게 꼭 좋았단 건 아니고."

"타임스퀘어……."

미카가 현아의 답을 되뇔 때였다. 사람들이 웅성거리는 소리가 울렸다.

"나온다! 저기!"

"형제님! 아이고, 형제님! 고생이 많으셨습니다."

김 목사가 먼저 치고 나가자 교인들이 우르르 따라 뛰었다.

오형석의 출소를 반대하는 사람들은 조직적인 구호를 외쳤다.

"대한민국 국민의 이름으로 오형석의 출소를 반대한다!"

"반대한다! 반대한다!"

"아동 성범죄 형량 강화하라!"

"강화하라! 강화하라!"

그러자 교회 측 중년 여성 하나가 희뜩 돌아보며 소리쳤다.

"용서는 오직 주님의 일입니다. 당신들 중 죄 없는 자만이 오형석 형제님께 돌을 던지세요!"

현아가 운동화를 벗은 건 그때였다.

현아는 운동화 두 짝을 공중에 띄운 다음 강한 락싸멘툼으로 오형석에게 날렸다. 한 짝은 정확히 오형석의 뺨을 강타했고, 한 짝은 그보다 좀 덜한 강도로 방금 돌을 던지려던 여자의 뒤통수를 때렸다. 잠시 맨발을 꼼지락거리던 현아는 오형석에게 달려갔다.

깨끗하게 빗어 넘긴 머리와 수수한 옷, 옆구리의 성경까지. 오형석은 영락없는 동네 할아버지였다. 얼굴에는 인자한 빛마저 감돌았다.

"용서받은 자 코스프레 존나 역겨워!"

현아가 소리치자 페도라를 쓴 노인이 현아의 어깨를 떠밀었다.

"주님은 일곱 번씩 일흔 번이라도 용서하라 하셨는데, 네 부모는 그런 것도 안 가르치더냐?"

어느새 다가온 미카가 노인을 노려보았다. 팽팽한 긴장을 무마시킨 건 뜻밖에도 오형석이었다.

"그만들 하십시오. 반대하는 분들이 무슨 잘못입니까. 앞으로 제가 잘 살면 됩니다. 저는 이제 성경 말씀만 섬기며 살겠습니다."

"피해자한테 미안하지도 않아?"

오형석 출소를 반대하는 시민들 중 하나가 소리쳤다.

"저는 이 세상의 죗값은 다 치렀습니다. 하나님은 인간의 고통을 보여 주시고자 특별히 그 아이들을 택한 겁니다. 그러니 이제 그 아이들도 평화를 얻었으면 합니다."

오형석의 마지막 말 덕에 현아는 드디어 마음의 준비를 끝냈다.

"고통받는 사람한테서 제발 너네 신의 뜻 좀 찾지 마. 막 갖다 붙이지 말라고, 쓰레기야! 네가 좋아하는 성경책이나 파면서 조용히 처박혀 살든지!"

현아는 오형석을 다시 교도소 안으로 날려 버렸다. 마음 같아선 교도소 건물 벽에다 패대기치고 싶었으나 홍익한 인간의 길을 걷는 현아였다. 현아는 오형석을 눈에 보이는 첫 번째 건물 지붕에 내려놓았다. 불가해한 현상 앞에 잠시 얼어 있던 사람들이 이내 비명을 질러 대기 시작했다.

"목사님, 대체 저게 뭡니까?"

"저 아이가 형제님에게 무슨 짓을 벌인 겁니까?"

"글쎄요. 주님께서 허락하신 힘이 아닌 것만은 확실합니다."

"그럼 사탄에게서 기원한 힘으로 오형석 형제님을 우리에게서 앗아갔단 말씀인가요?"

논리도 맥락도 중구난방이었지만 한 가지는 분명해 보였다. 저들은 모두 오형석 형제님을 애타게 찾고 있었다. 그래서 현아는 그들의 소원도 들어주었다.

"다 같이 가세요, 그럼."

교인 다섯 명도 오형석 곁으로 보내 준 뒤에야 현아는 손을 털었다. 출소 반대 시위를 하던 사람들도 경악한 얼굴로 현아를 보았다. 머리가 희끗희끗한 할아버지가 현아의 손을 잡았다.

"아가, 혹시 남의 맘을 읽는 능력이 있니? 내가 방금 속으로 딱 그렇게 기도했거든. 내가 힘만 있으면 저것들을 교도소 담 너머로 도로 던져 넣고 싶다고."

그제야 현아도 현실이 보였다. 이제껏 이토록 공개적인 장소에서 홍익인간 프로젝트를 수행한 적은 없었다. 미카는 현아를 데리고 이송 차량 뒤로 달려간 뒤 곧장 왕십리로 텔레포트했다.

현아와 미카가 사라진 뒤에도 사람들은 자리를 떠나지 못했다. 눈앞에서 벌어진 기이한 사건을 어떤 식으로든 결론짓기 전에는 발걸음이 떨어질 것 같지 않았다. 그리고 그들 중에 제삼의 인물이 있었다. 찬양반석교회 교인도 아니고 출소 반대 시위대도 아닌 누군가……. 지금까지 현아의 일거수일투족을 주의 깊게 관찰한 이는 집행관 수거함이었다.

수거함은 현아가 락싸멘툼을 사용한 궤적을 보며 고개를 저었다.

"약해 빠졌군."

추억의 타임스퀘어

아이작 뉴턴이 1642년 영국 울즈소프가 아니라 2010년대에 왕십리 동흔동에서 태어났다면 『프린키피아』는 세상에 나오지 못했을 것이다.

뉴턴이 1687년 7월 5일에 『프린키피아』를 출간한 덕에 인간은 중력이라는 힘에 눈을 뜨고 그 힘을 보편적 진리로 받아들이게 되었다. 하지만 아이작 뉴턴이 2019년 10월말, 동흔동 놀이터에서 뛰어노는 저 조무래기들 중 하나였다면 인류는 여전히 신학과 철학만이 진리에 이르는 길이라고 믿었을 것이다. 아이들이 술래잡기를 하고 노는 내내 미카가 시소 꼭대기에 가만 앉아 있었기 때문이다.

분명 시소는 무거운 쪽으로 기울어야 하는 법인데 미카는 한껏 솟구친 쪽 시소에 멍하니 앉아 있었다. 물론 맞은편에는 아무도 없었다. 혼자서 얼마나 자연스럽고 편안하게 앉아 있었는지 그 주변을 뛰노는 꼬마들조차 의문을 제기하지 않았다.

미카는 중력과 락싸멘툼 에너지를 적절히 조절하여 시소를 공중 의자로 만들어 둔 터였다. 거기 앉아 있으면 바람이 시원했고…… 현아네 집 앞 골목이 잘 보였다.

다시 만나기로 한 약속 시간이 가까워지고 있었다. 아까 현아와 헤어진 뒤로 지금까지 미카는 동에 번쩍 서에 번쩍 뛰어다녔다. 별일이 없다면 오늘 저녁에 현아를 타임스퀘어에 데려다줄 생각이었다. 그래서 뉴욕 맨해튼으로 이동한 다음 타임스퀘어 주변을 답사하고, 주말 환전소에 가서 달러도 바꿔다 두었다. 타임스퀘어 주변에 있는 핫도그 트럭은 다 섭렵하고 다녔다. 현아가 엄마 아빠와 먹었다던 그 핫도그만큼 맛있는 걸 찾아 주고 싶었다. 만반의 준비를 마친 뒤에 시소에 앉아 모처럼 쉬는 중이었다.

파견처에서 말한 집행일까지 남은 날은 9일.

미카는 아직 이 사태를 해결할 답을 찾지 못한 상태였다. 해결책을 찾을 때까지 시간을 아껴 써야 했다. 최악의 경우 남은 9일은 현아 인생의 마지막 날들이 될 테니까.

설계자들은 인간을 사랑했다. 시뮬레이션 세계에 존재하는 수많은 지성체들 중에 설계자들과 거의 흡사하게 만들어진 지성체는 인간밖에 없었다. 그래서 부모에게 버림받거나 사랑받지 못한 인간들도 설계자들에겐 차별 없는 애정의 대상이었다. 현아도 그랬다. 현아 역시 이 세계를 만든 이들에겐 소중한 존재였다. 그 얘기를 해 주면 현아의 외로웠던 유년 시절에 위로가 될지도 모른다.

하지만 이젠 그마저도 불가능했다.

설계자들은 현아에게 치명적인 실수를 저질렀고, 자신들의 실수를 무마하기 위해 현아의 존재값을 없애기로 한 것이다.

현아가 홍익인간이 된 건 외로운 유년의 연장선이었다. 나는 사랑받을 자격이 없는 아이인데 엄마 아빠가 나를 키워 주었고, 세상 사람들도 나를 참아 주었으니 조금이나마 그 신세를 갚겠다는 것이다. 미카는 네가 아는 게 다가 아니라고 말해 주고 싶었다. 사실 너는 언제나 사랑받는 존재였다고, 설계자들은 너의 성장을 흐뭇하게 지켜보고 있었다고, 뭘 하려고 애쓰지 않아도 너 자체로 소중한 생명체였다고. 하지만 이젠 영영 말해 줄 수 없을지도 모른다. 설계자들이 일을 망쳐 버렸으니까.

자격 없는 아이라는 자각이 신세를 갚겠다는 결정으로 이어진 계기는 어느 날 현아의 삶을 습격한 데이터들이었을 것이다. 설계자의 능력 일부와 최배달의 데이터가 혼합된, 제3의 지성체 모델. 파견처 설계자들에 따르면 어느 청소년 설계자의 어설픈 수행 평가 과제물이 현아에게로 흘러든 결과다.

지금 상황에서 미카가 현아에게 해 줄 수 있는 일은 현아를 타임스퀘어로 데려가는 것밖에 없었다. 거기서 핫도그를 사 먹으며, 어릴 적 행복했던 기억을 복기하게 해 주고 싶었다.

미카가 행선지를 답사하는 사이, 현아는 낮잠을 잤다. 아까 재혼 소식을 알려 온 엄마의 전화를 받은 뒤로 억지 잠을 청하다가 정말로 잠이 든 것이다. 몇 해 전 아빠의 재혼 덕에 학습 효과도 있었고 엄마의 재혼에 충격받고 울어 댈 나이도 아니었다. 하지만 상기된 엄마의 목소리가 현아를 체하게 했다. 늘 그랬듯 엄마가 내미는 과제는 어려웠다.

어렸을 때 술에 취한 엄마가 잠든 현아를 식탁으로 불러낸 적이 있었다. 이집트학 박사인 엄마는 현아에게 상형 문자를 가르치겠다며 고집을 피웠다. 엄마 딸이니까 금방 배울 거라며 상형 문자 표를 하나씩 짚어 갔다. 표를 두 번 읽어 준 엄마는 종이를 주며 상형 문자를 그려 보라 했다. 어린 현아는 이 모든 게 엄마의 술주정이란 걸 알면서도 한 자 한 자 정성을 쏟아 그렸다. 하지만 문제는 현아가 그린 a음가의 독수리와 m음가의 올빼미, w음가의 메추라기가 그림상으로 전혀 구분이 안 된다는 점이었다. 독수리, 올빼미, 메추라기 할 것 없이 죄다 배불뚝이 병아리 같았던 것이다. 엄마는 혀 꼬인 소리로 병아리들을 비난하다가 식탁에 엎어져 잠이 들었다. 그날 밤 현아는 이 세상을 해독하는 일이 얼마나 어려운지, 삶에 지친 엄마가 현아에게 들이미는 숙제가 얼마나 버거운지 깨달았다.

잠으로 엄마의 재혼 소식을 소화시키던 현아는 알람 소리를 듣고서야 눈을 떴다. 미카와 만나기로 한 시각을 불과 10여 분 남겨 둔 시각이었다. 침대를 박차고 나온 현아는 빨아 놓은 청바지를 걸어 입고 라임색 티셔츠에 검정색 야구 점퍼를 입었다. 그러고는 회색 바탕에 분홍색 글자가 새겨진 스냅백을 눌러 쓰고 놀이터로 향했다.

미카는 컴컴한 놀이터의 허공에 떠 있었다. 그곳으로부터 5미터쯤 떨어진 곳에, 웬 남자가 미카를 향해 손을 치켜들고 있었다.

"손미카!"

모래 놀이터를 사이에 두고 현아가 소리쳤다.

"강현아, 무조건…… 사람들 많은 데로 달아나!"

미카는 현아 쪽으로 고개도 돌리지 못했다. 강력한 힘이 미카의 근육을 무력화시킨 것이다. 놀이터 가로등 불빛에 드러난 상대는 20대 중반쯤 돼 보이는 남자였다. 현아는 남자를 기억해 냈다. 둘은 낮에 교도소 앞에서 만난 적이 있었다. 그도 그럴 것이 상대는 한번 보면 절대 잊을 수 없는 옷차림을 하고 있었다. 바지통은 지나치게 넓은데 바지 기장은 짧았고, 재킷의 품은 낙낙한데 팔이 또 짧았던 것이다. 흔히들 말하는 어디서 얻어 입은 듯한 차림새였다. 현아는 그가 오형석 출소 반대 시위대 중 한 사람인 줄 알았다.

"안녕, 꼬마. 오늘은 네 친구 먼저 처리할게. 너랑 난 당분간 자주 볼 사이니까. 아, 앞으론 나를 수거함이라 불러."

이를 드러내며 웃는 이는 집행관 수거함이었다.

미카가 꼼짝없이 당했다는 건, 현아는 저 수거함이라는 자의 상대가 아니라는 뜻이었다. 하지만 여긴 동흔동, 현아의 영역이었다. 객관적 전력으론 약체지만 홈 어드밴티지가 있었다. 현아는 락싸멘툼으로 놀이터 가장자리 화단에서 큼지막한 돌멩이를 들어 올린 다음 놀이터 바로 옆집의 창문으로 던져 버렸다. 이중창은 순식간에 박살이 났다.

그 소란에도 수거함은 미카를 놔주지 않았다. 현아가 락싸멘툼으로 수거함의 손목을 건드려 보았지만 꿈쩍도 하지 않았다.

"꼬마, 성가시게 하지 말고 돌아가."

"강현아, 제발 좀 가라고!"

둘이 떠들어 댔지만 현아는 놀이터를 떠날 마음이 없었다. 도망치는 건 퇴로가 있거나 다른 선택지가 가능한 인생을 살아온 사람한테나 어울리는 일이다. 현아는 깎아지른 절벽 사이의 협곡에서 자란 아이였다. 퇴로 같은 건 가져 본 적도 없었다.

현아는 수거함의 손목을 포기하고 대신 허리춤을 노렸다. 현아의 에너지를 감지한 수거함의 얼굴이 일그러졌다. 미카는 수거함의 눈길이 현아에게 쏠리는 걸 막기 위해 더 크게 소리쳤다.

"지금 현아의 털끝 하나라도 건드렸다간 설계 윤리학자들에게 보고할 거예요. 정한 날짜가 되기 전에는 현아 곁에 얼씬도 말라고요!"

"걱정 마, 너만큼이나 나도 저 애한테 신경을 쓰고 있으니까."

미카와 수거함이 팽팽한 눈길을 주고받는 사이 수거함의 벨트가 툭 하고 풀어지고 말았다. 바지는 금세 사내의 얇은 다리를 타고 흘러내렸다. 알몸으로 이 세계에 도착한 설계자에게 삼각이니 트렁크니 하는 이름의 속옷은 사치였다. 당황한 수거함이 급히 바지를 추스르는 사이 미카는 땅으로 떨어졌다. 하지만 이 싸움에 종지부를 찍은 이는 따로 있었다.

현아가 창문을 깨뜨린 다세대 주택의 주인 할아버지였다. 알코

올 의존증과 분노 조절 장애가 있는 할아버지의 별명은 왕십리 토르였다.

"잘근잘근 씹어 먹어도 시원찮을 잡놈들이!"

할아버지는 장도리를 시원하게 휘둘러 댔고, 그 소란에 뛰쳐나온 이웃들은 노출증 변태 성욕자로 추정되는 청년을 순식간에 에워쌌다.

그 틈에 현아는 미카에게 달려갔다.

"손미카! 괜찮아?"

미카는 고개를 끄덕였지만 그리 괜찮아 보이지 않았다.

일반적인 형태의 부상은 아니었다. 피도 나지 않았고 어디 부러진 데도 없었다. 다만 미카의 몸피가 옅어져 있었다. 오른쪽 귓불에서부터 어깨까지의 윤곽이 흐려졌고 한쪽 다리도 흐릿했다. 하지만 미카는 어느 때보다 더 단단하게 현아를 끌어안았다.

"가자. 타임스퀘어."

뉴욕의 현아

I LOVE NY…….

현아는 기념품 가게 벽면을 채운 글귀를 멍하니 올려다보고 있었다.

갑자기 세상이 낮으로 바뀐 데다 주위엔 온통 외국인이었고, 이 거리를 채운 언어는 영어였다. 현아는 자신이 왜 이 낯선 도시에 있는지 이해가 되지 않았다. 부상을 입은 미카가 공간 이동 목적지를 한참 잘못 설정한 듯했다. 하지만 멍하게 있을 틈이 없었다. 미카가 아팠다. 현아는 미카를 어느 골목에다 뉘여 놓고 물을 사러 온 길이었다.

현아는 제가 가진 돈으로는 물을 살 수 없다는 사실에 기가 막혔다. 천 원짜리도 만 원짜리도 먹히지 않았던 것이다.

"학생, 환전 안 해 왔니?"

갑자기 들려온 한국말에 현아는 급히 뒤를 돌아보았다. 버건디 색 바바리코트에 하얀 운동화를 신고, 목에는 클래식한 필름 카메라를 멘 중년 여성이었다. 노련한 관광객의 느낌을 풍기는 여자는 자기가 고른 기념품과 현아의 생수까지 한꺼번에 계산해 주었다.

얼결에 생수병을 받아 든 현아는 미카를 뉘여 놓은 골목으로 돌아갔다. 미카는 아까보다 더 옅어져 있었다.

"미카야, 너 지금 많이 이상해."

"강현아, 타임스퀘어 오니까…… 좋아?"

"타임스퀘어? 그럼 여기가 뉴욕? 그래서 저기 바깥에 전광판들이 저렇게 번뜩거리고 길바닥에 외국인들이 잔뜩 깔린 거야?"

현아는 숨이 턱 막혔다. 더는 미카를 다그칠 수도 없었다. 어둔 밤 왕십리 동흔동 놀이터에 있던 현아가 한낮의 뉴욕 타임스 스퀘어 골목으로 공간 이동을 한 것은 미카 잘못이 아니었다.

"영등포 타임스퀘어 말한 거였어. 엄마 아빠랑 갔던 데 말야."

놀라긴 미카도 마찬가지였지만 그렇다고 영등포 타임스퀘어로 이동할 상황도 아니었다. 미카의 오른쪽 뺨과 머리 부위는 완전히 지워지고 없었다. 오른쪽 눈동자마저 옅어지고 있었다.

"손미카, 한국으로 돌아갈 수 있겠어? 나 여기서는 구급차 부를 줄도 몰라."

현아는 미카의 오른쪽 뺨이 있었을 부위를 손으로 감쌌다.

"그자가 날 여기서 추방하려고 생물체에 쏘면 안 되는 양의 에너지를 쐈어."

"알아듣게 얘기해! 설계 어쩌고 하는 말은 뭐고 정한 날은 또 뭔데? 그리고 어떻게 사람이 연기처럼 지워지는데?"

현아는 미카를 제 무릎에 당겨다 눕히고 물을 먹였다.

"강현아, 지금부터 락싸멘툼 쓰지 마. 그걸 쓰면 놈한테 네 위치를 알려 주는 꼴이야."

"락싸멘툼?"

"그래. 네가 뭔지도 모르고 사람들 날려 버리는 데 신나게 써먹는 그 힘 말이야."

현아는 이제 놀랍지도 않았다. 주워섬겨도 뜻을 알 수 없는 말들과 보고서도 믿기지 않는 현실이 연타로 등장했기 때문이다.

"난 이제 떠나야 돼. 설계자들이 이 세계의 내 설정값을 망가뜨려 버렸어. 더는 이 세상에 존재할 수 없게 됐어."

미카는 숨을 헐떡이며 말을 이었다.

"그…… 그래도 네가 날 기억해 주면 돌아올 수 있어. 내가 없어도 잘 견뎌야 돼, 할 수 있지?"

현아는 여틈해져 가는 미카의 눈을 내려다보았다.

몇 해 전에도 같은 질문을 받은 적이 있었다. 대전으로 큰 짐을 옮기는 날 엄마가 물었다. 엄마 주말에나 올 건데 혼자 있을 수 있겠어? 중학생이었던 현아는 혼자 지내는 게 무섭지는 않았다. 선뜻 답을 못 한 건 엄마가 아낀 말이 엄마의 눈 속에 있었기 때문이다. 엄마는 단순히 주말까지 혼자 지낼 수 있는지 묻는 게 아니었다.

'강현아, 네 인생에서 엄마가 떠나가도 되겠니?'

엄마는 그걸 묻고 있었다. 현아는 그때 자기가 뭐라 대답했는지 까먹었다.

미카의 오른쪽 얼굴과 몸이 사라졌다. 하나 남은 눈동자도 회색으로 바뀌고 있었다. 그 옅은 눈동자로 미카가 말했다. 꼭 돌아올 거야. 난 널 두고 떠나는 게 아니야…….

현아는 차츰 여틈해지고 성기어 가는 미카를 쓰다듬으며 울었다.

뉴욕의 가을은 한국보다 쌀쌀했다. 하늘은 파랗고 별도 반짝거리는데 바람이 매서웠다.

오후 5시의 뉴욕.

로밍을 하지 않은 스마트폰은 먹통이었다. 휴대폰을 쓸 수 있다 해도 딱히 도움이 되는 건 아니었다. 한국에 있는 지훈이에게 전화를 걸어 항공권을 좀 보내 달라고 할 수도 없는 노릇 아닌가. 지훈이에게 현아도 모르던 수백 억대 자산가 고모가 있었고, 독신주의자였던 고모가 한 시간 전에 세상을 떠나면서 전 재산을 조카 심지훈 앞으로 남겼으며, 그래서 지훈이가 미국행 비행기 티켓 정도는 매점에서 콜라 사듯이 살 수 있다 쳐도 소용이 없다. 일단 지훈이가 현아 말을 믿지 않을 것이기 때문이다. 지훈아, 나 정신 차려 보니 뉴욕이야. 이 말을 누가 믿어 주겠는가.

현아는 정말 기억이 나지 않았다.

생수를 사러 타임스 스퀘어 부근 기념품 가게에 들어간 것도 기억나고, 한국인 관광객이 물값을 대신 계산해 준 것까지 기억이

나는데, 자신이 뉴욕 거리에 있는 이유를 알 수 없었다. 어떻게 기억이 통째로 날아갈 수 있단 말인가.

현아는 핫도그 트럭 맞은편 벤치에 걸터앉았다.

여긴 뉴욕이다. 그 전에는 어둑어둑한 동흔동 놀이터에 있었다. 어떤 이유로 촌스러운 양복 차림의 남자와 시비가 붙었고, 그 전에는……. 오늘 있었던 일을 역순으로 복기하던 현아는 엄마의 결혼 소식을 기억해 냈다.

"젠장! 그거였어?"

현아는 두 손으로 제 머리를 감쌌다.

혼자 생일 미역국을 먹은 뒤 이상한 힘이 생겼고, 오늘은 엄마의 결혼 소식에 충격을 먹고 뉴욕으로 날아와 버린 것이다. 물체를 순식간에 날려 버리는 힘처럼 이 상황도 논리적인 설명은 불가능했다. 하지만 가장 이해가 안 가는 건 따로 있었다. 왕십리 동흔동 놀이터에서 뉴욕 맨해튼 타임스 스퀘어로 공간 이동을 했는데, 지금 현아의 감정은 낭패감보다는 허전함에 가까웠다.

꼭 쥐고 다니던 걸 흘린 것 같기도 했고, 키우던 아기 고양이를 잃어버린 것 같기도 했다. 물론 현아는 중요한 물건을 흘리고 다니는 성격도 아니었고, 아기 고양이는 키운 적도 없었다. 적어도 현아가 기억하는 한에서는 그랬다. 제 손을 물끄러미 바라보던 현아는 자리를 털고 일어났다.

정신없이 번뜩이는 옥외 전광판들이 현아를 불안하게 했다. 일단 어디로든 가야 했다.

현아가 아는 뉴욕은 맥 테일러 반장이 나오는 미국 드라마 〈CSI 뉴욕〉의 배경이었다. 마약과 살인, 배신과 불륜, 독살과 총성이 난무하는 도시. 그 말은 곧 현아가 살인과 총성 속에서 살아남아야 한다는 뜻이었다. 현아는 생수병을 움켜쥐고 브로드웨이를 따라 걸었다. 일단 뉴욕에 제법 익숙한 관광객 내지는 현지 한인처럼 보이는 게 급선무였다. 어쨌거나 지금 현아는 여권도 뭐도 없는 불법 체류자였다. 불안한 얼굴로 두리번거렸다간, 그 무시무시하다는 뉴욕 경찰한테 체포될지도 모른다. 가끔씩 월드와이드 뉴스에 나오는 것처럼 뉴욕 경찰과 시비가 붙어서 피살될지 누가 아는가.

경찰들은 골목골목 포진해 있었다. 모퉁이를 돌다가 경찰과 마주치면 현아는 그러지 말아야지 하면서도 매번 소스라쳤다. 뉴욕 경찰은 어릴 적 현아가 가지고 놀던 플레이모빌 시리즈의 경찰 피규어와 비슷했다. 다부진 상체에 허리춤에 찬 총까지, 만에 하나 경찰의 표적이 되었다간 뼈도 못 추릴 게 뻔했다. 현아에게도 장풍 비슷한 능력이 있지만 그게 뉴욕 경찰의 총 앞에서도 먹힐지는 미지수였다.

현아는 관광객인 양 사진도 찍어 가며 걸었다. 이 낯선 도시는 미세먼지가 없어서 그런지 사진 하나는 기가 막히게 잘 나왔다. 현아는 지훈이가 생각나 눈물이 날 것 같았다. 늘 연예인 꽁무니만 쫓는 것 같아도 현아의 마음을 누구보다 빨리 읽어 주던 녀석이었다. 하지만 지훈이와 현아 사이에는 문자 그대로 태평양이 있었다. 다행히 뉴욕 거리는 세계 각국에서 온 관광객들로 넘쳐 났고, 사람들은 불법 체류자 현아에게 별 관심이 없었다.

브로드웨이를 따라 30분쯤 걷자 납작하게 눌러 놓은 것처럼 생긴 빌딩이 나왔다. 아이들을 데리고 관광 온 한국 아저씨가 한국어로 설명을 해 준 덕에 현아는 그게 플랫아이언 빌딩이란 걸 알았다. 한국인 가족은 푸드 트럭에서 간식도 사다 먹으면서 플랫아이언 빌딩 주변에서 한참을 머물렀다. 현아도 5미터쯤 떨어진 데서 시간을 보냈다. 한국말이라도 들리니까 맘이 좀 놓였던 것이다.

나중에 혹시라도 뉴욕에 다시 오면 나도 여기서 사진 찍어야지. 상황에 맞지 않는 한가한 생각을 하고 있는데 하늘이 어두워지기 시작했다.

현아는 또 걸었다. 어쩌다 보니 동흔동 놀이터에서 뉴욕으로 와 버렸다. 손바닥에서 발사되는 척력도 그렇고, 어처구니없는 공간이동도 그렇고, 뭔가 물리 법칙이 붕괴되고 있는 느낌이었다. 하지만 시간에 맞춰 어두워지기 시작하는 하늘은…… 이 세상이 여전히 자연법칙에 따라 돌아가고 있다는 증거였다. 그럼 나만 이상한 거야? 왜 나만? 나는 이 세상의 오류일까? 프로그램 속 버그 같은? 저문 하늘보다 더 암울한 결론에 현아는 한숨이 나왔다.

방향을 잘못 잡았는지 한국인들은 코빼기도 보이지 않았다. 파파이스 매장이 보였지만 호주머니에 들어 있는 한국 지폐로는 감자튀김 한 조각도 못 사 먹을 터였다. 멀쩡한 집과 침대를 놔두고 북미 대륙까지 건너와서 밤을 지낼 생각을 하니 어처구니가 없었다. 운 좋게 환전을 한다고 해도 지금 가진 돈으로는 숙소는 어림도 없었다. 뉴욕 맨해튼의 물가에 대해선 상식조차 없는 현아지만 이 도시의 건물들은 한국 돈 32000원에 선뜻 방을 내줄 듯한 관상들이 아니었다.

온도는 시시각각 떨어졌고, 하늘에 고여 있던 어둠이 길거리로 내려앉기 시작했다. 스팀 파이프에서 새어 나온 증기가 거리 곳곳에서 불길한 느낌을 자아냈다. 동서남북 방향 감각도 사라졌다. 현아는 무조건 사람들이 많이들 걸어가는 방향으로 걸었다. 한참 걷다 보니 월스트리트라는 이정표가 보였다. 경제 관련 뉴스에 등장하는 그 월가였다.

찬바람을 막아 보겠다고 홑겹 야구 점퍼를 여미는데 누군가 현아에게 손을 내밀었다.

"헤이, 투 달러스! 투 달러스!"

키가 큰 거지 할아버지였다. 원 달러라고 했으면 단박에 상황 파악이 됐을 텐데, 2달러는 현아에게 생소한 금액이었다. 물가 세기로 유명한 맨해튼에서 버티려면 1달러로는 어림없겠다 싶으면서도 현아는 정말이지 가진 게 없었다. 그리고 누가 누굴 걱정한단 말인가. 여긴 자본주의와 신자유주의의 중심지 뉴욕이었다. 돈 떨어지면 죽는 거다. 최악의 경우 현아는 이 도시의 뒷골목에서 굶어 죽어 무연고 시신이 되거나, 갱단에 납치되어 장기가 적출된 후 그 유명한 센트럴파크 구석에 암매장될지도 모른다.

그래도 그 손을 거절하려니 마음에 걸렸다. 홍익인간이 인생 목표인 현아이기에 차디찬 길바닥에서 배를 곯는 사람을 외면하기가 더 힘들었던 것이다. 더구나 걸인은 현아의 털끝 하나 건드리지 않았다. 손을 내밀며 원하는 액수를 밝혔을 뿐이다. 말투 또한 위협적이지 않았다. 자신은 2달러를 원한다고 거듭 설명한 게 다였다. 고민을 거듭하던 현아는 거지 할아버지의 손에 만 원짜리 지폐를 쥐어 주었다. 혼신을 다한 콩글리쉬로 설명도 덧붙였다.

"이츠 코리안 머니(이것은 한국 돈입니다). 프라미스 투 더 스카이(하늘에 맹세코) 이츠 낫 페이킹(거짓말 아니에요). 이츠 어바웃 식스 오어 세븐 달러즈(모르긴 몰라도 6, 7달러쯤 될 겁니다). 체인지 유어셀프(환전해서 쓰세요)."

걸인은 황당한 얼굴로 현아와 지폐를 번갈아 보았다. 그러더니 어깨를 으쓱거리고 양손을 펼쳐 들면서 쉬트, 뻑, 뻑커 등의 어휘가 들어가는 욕을 늘어놓았다. 현아는 무조건 달아났다. 만 원이면 현아에겐 제법 큰돈이었다. 동네 편의점에서 투 플러스 원 상품을 잘 골라 담으면 일주일 치 간식을 해결할 수 있는 돈이며, 뼈다귀 해장국 1인분을 포장하고도 4000원을 돌려받을 수 있는 돈이다. 현아는 행당 시장 먹자골목이 눈물 나게 그리웠다.

거지 할아버지를 피해 내달리던 현아는 황소와 마주치고 말았다. 정확히 말하면 황소상이었다. 뿔을 만지면 행운을 얻는다는 월가의 상징인 황소상이었다. 현아도 어릴 적 학습 만화 뉴욕 편에서 이 황소상에 대해 읽은 기억이 났다. 하지만 지금은 맘 편히 학습 만화나 떠올리고 있을 때가 아니었다. 현아의 머릿속에서 낯설고 강렬한 기억이 등장했기 때문이다. 하늘로 솟구친 두 개의 뿔과 부리부리한 눈, 황소치고는 유난히 큰 대가리……. 황소상을 꼼꼼하게 살피는 이는 어느덧 무도인 최배달이었다.

"시카고 도살장에서 만났던 그놈이 생각나는군. 나는 뿔을 움켜잡기 쉽게 부러 뿔이 긴 놈을 골랐더랬지."

750킬로그램에 육박하는 녀석을 최배달이 맨주먹으로 때려눕히고 그 뿔을 꺾었던 것이다. 하지만 그 일은 미국 동물 애호 협회의 비난을 샀고, 그 소는 최배달이 미국에서 꺾은 처음이자 마지막 소로 기록되었다.

최배달은 그때의 일을 떠올리며 월가 황소의 뿔을 만지작거렸다. 금속성 소뿔의 매끈한 질감이 무도인의 손을 간질였다. 무도인은 빙긋 웃고는 시카고에서 소뿔을 꺾던 일을 재현했다. 왼손으로 달려드는 소의 콧부리를 잡고 오른쪽 수도를 놈의 이마 정중앙에 내리꽂았더랬지.

"헤이!"

저만치 경찰이 손끝을 까딱거리며 주의를 주었다. 관광객들이 소뿔을 만지는 것은 예사지만 최배달의 손놀림은 어딘가 심상찮은 기운을 풍겼던 것이다. 하지만 황소에 심취한 무도인은 그 소리를 못 들었다.

"소가 넘어졌고 나는 일어나려고 안간힘을 쓰는 황소의 뿔 뿌리에 이단 치기 공격을 했지."

타닥!

"헤이, 키드! 스탑! 스탑 잇!"

경찰은 일이 심상치 않게 돌아가는 걸 감지하고 달려왔다.

경찰의 손이 허리춤을 더듬는 걸 본 최배달이 손을 내뻗었다. 락싸멘톰에 얻어맞은 경찰은 그대로 5미터쯤 날아간 뒤 바닥에 떨어졌다. 경찰이 총을 꺼내려는 것이었는지 단순히 바지를 추켜올리려는 것이었는지 알 수 없었으나 총을 든 상대에 맞서려면 한 템포 빠르게 움직이는 수밖에 없었다.

다른 경찰이 달려왔다. 이번에는 정말로 총을 치켜든 채였다.

"프리즈! 돈 무브! 오어 아 윌 슛!"

하지만 이번에도 무도인이 빨랐다. 경찰 두 명에게 상해를 입힌 무도인은 순식간에 쫓기는 신세가 되었다. 그리고 그 광경은 중국인 관광객들에 의해 고화질로 촬영되었다.

무도인은 달아났다. 경찰을 피해 무작정 뛰었다. 경찰차 사이렌 소리가 월스트리트를 날카롭게 훑고 지나갔다. 무도인은 어둠만 골라 디디며 숨차게 뛰었다. 하지만 무도인은 숨을 만한 지형지물조차 시원찮은 바닷가 공원 지대로 들어서고 말았다. 파도가 굼실대는 바다 저편에 누군가가 한쪽 팔을 치켜들고 있었다.

자유의 여신상이었다.

경찰차들이 요란한 소리를 내며 공원으로 접어들고 있었다.

무도인의 길

맨해튼 남단 배터리파크.

야간 조명을 밝힌 자유의 여신상이 멀찍이 보이는 바닷가 공원이었다. 무도인은 경찰차 열 대에 에워싸여 있었다. 상대가 누구든지 결투 상황에서는 언제나 목숨을 걸어 온 무도인이었다. 그건 최배달이 그 많은 도장 깨기에 성공한 비결이면서 동시에 상대를 존중하는 마음가짐이었다. 상대가 약하다 하여 설렁설렁 전투에 임한다면 상대에 대한 모욕이다. 하지만 지금은 무도인이 일찍이 겪어 보지 못한 절체절명의 위기였다. 무도인 스스로 목숨을 걸지 않아도 저들이 알아서 무도인의 목숨을 거둬 갈 분위기였다.

저들을 어찌하면 좋은가.

마음을 정리하기까지 시간이 좀 걸렸다. 여남은 개의 총구가 무도인의 머리와 가슴을 겨누고 있었다. 드디어 무도인은 경찰들이 시키는 대로 천천히 손을 치켜들었다. 양손을 머리 위로 올린 채 손끝을 까딱거렸다. 어린애들이 토끼 귀를 묘사할 때 써먹음 직한 제스처였다. 살짝 깜찍해 보이기까지 하는 손동작이 불러온 파장은 실로 엄청났다. 경찰차들이 깡충깡충 날뛰기 시작한 것이었다. 더러는 균형을 잃고 뒤집히는 경우도 있었다. 그 과정에서 차 주변에 있던 경찰들이 부상을 입기도 했다. 경찰들은 이 불가해한 상황과 저 용의자의 수상한 움직임에 인과 관계가 있는지 확신할 수 없었다. 하지만 상관관계가 있는 것만은 분명해 보였다. 손이 그려 내는 궤적과 경찰차들의 움직임이 흡사했던 것이다. 더 큰 참사를 막기 위해 경찰들은 일단 용의자를 진압하기로 했다.

경찰들이 서서히 방아쇠를 당기려는데…… 갑자기 경찰들 틈에 웬 남자가 나타났다. 유행이 수십 년은 지났음 직한 슈트 차림의 남자는 손날로 경찰의 손목을 후려쳤다. 총을 떨어뜨린 경찰을 두 팔로 제압하여 방패로 삼고서 나머지 경찰들을 하나하나 발차기로 제압해 갔다. 상대와 나의 거리, 발등의 궤적을 정확히 계산한 다음 온몸의 힘을 발끝에 모은 발차기였다. 명치와 복부, 관자놀이를 차인 경찰들은 죽지는 않았지만 땅바닥에 자빠져서 꿈틀거릴 뿐 다시 일어나지 못했다. 그 과정에서 총성이 열한 번 울렸으나 슈트 차림 남자는 전혀 부상을 입지 않았다. 그리고 열두 번째 총성이 울리기 전에 슈트 차림 남자는 사라졌다. 용의자까지 데리고서 순식간에 훅!

지금껏 방패 노릇을 했던 경찰은 흙바닥에 처박혀 있었다. 큰 부상을 면한 경찰들은 놀란 눈빛을 주고받았다. 경찰들이 집단 환각에 빠진 게 아니라면 슈트 차림 남자는 분명 텅 빈 하늘에 불쑥

나타났다가 허공으로 휙 사라진 게 분명했다.

"젠장! 이거 스컬리와 멀더 요원을 불러야 할 판이구먼."

경찰 하나가 구시렁거렸다.

뉴욕 경찰을 상대로 글로벌한 소동을 일으키고 무도인 최배달을 데리고 사라진 자는 수거함이었다. 총에 맞을 위기에 처한 무도인을 데리고 메트라이프 빌딩 옥상으로 텔레포트한 것이다. 왕십리 놀이터에서 헤어진 뒤로 수거함은 미카와 현아의 흔적을 쫓느라 애를 먹었다. 강제 소환 절차에 들어간 미카는 이 세계에서 자취를 감추었을 게 분명했고, 문제는 현아였다. 현아가 락싸멘툼을 사용하지 않는 한 이 세계에서 현아의 위치를 특정할 방법이 없었다.

다행히 현아의 신호가 감지되었다. 뜻밖에도 북미 대륙의 뉴욕 맨해튼이었다. 수거함은 대한민국 서울시에서 곧장 현아가 있는 맨해튼 배터리파크로 텔레포트한 뒤 경찰과 대치 중인 현아를 구해 낸 것이다.

수거함은 메트라이프 빌딩 옥상에서 핫도그와 콜라를 사이에 두고 현아와 마주앉았다. 수거함은 현아가 무도인 최배달 상태라는 것도 알고 있었다. 간소하게 통성명을 한 후, 어색한 침묵이 흐를 새도 없이 무도인이 먼저 입을 열었다.

"아무리 실전 상황이었다고는 하나 동작에 군더더기가 하나도 없었소. 보는 내내 감탄했다오. 아직 젊으니 전장을 숱하게 누빌 기회도 없었을 텐데, 그대의 몸짓에서 옛날 전쟁터의 무사들을 보는 듯했소. 전쟁을 겪지 아니한 무인들은 힘에 집착하기 마련이오. 근력을 키우고 힘으로 상대를 제압하려 하거든. 하지만 생과 사를 오가는 전장을 다니다 보면 힘보다는 그 힘을 순간적으로 폭발시키는 능력이 중요하다는 걸 깨닫게 되는 법이오. 그대가 꼭 그랬소. 수십 년 무인의 길을 걸어온 나조차도 우러러볼 만한 기술이었소.”

군인은 가끔씩 설계자의 본성을 억누르고 일부 지성체들을 소멸시키는 일을 해야 했다. 그게 얼마나 가슴 아픈 일인지 군인이 아닌 설계자들은 전혀 이해하지 못한다. 또한 군인들은 지성체들을 제거하는 과정에서 크고 작은 부상을 입기도 한다. 지성체들이 죽기 살기로 덤비기 때문이다. 군인들은 지성체가 통증을 느끼지 않도록 한순간에 일을 마무리 짓기 위해 애를 썼다. 치명적인 부상을 입고 고통받는 지성체를 보는 것만큼 괴로운 일도 없었다. 지성체가 제 몸의 통증을 자각하기 전에 영원한 잠에 빠뜨려야 했다. 그래서 설계자 군인들은 자잘한 부상을 감수하면서도 때를 기다렸다가 한 번에 에너지를 몰아 쓰는 습관이 있다. 그 점을 무도인이 짚어 낸 것이었다.

무도인의 예리한 시선이 수거함의 심장을 건드렸다. 수거함은 말없이 콜라를 마셨다. 사실 살면서 단 한 번도 들은 적 없는 찬사였다. 설계자 세계에서 군인의 다른 이름은 킬러다. 설계자는 세상을 설계하고 창조하는 존재들이다. 하지만 때로는 시뮬레이션 세계의 질서를 유지하거나, 지성체들의 진화를 돕는다는 이유로 특정 지성체를 소멸시켜야 할 때가 있다. 군인들은 그 작업에 동원되는 킬러들이다. 누군가는 해야 할 일을 하는 직업 군인인데도 설계자들은 군인들을 도살꾼 취급할 때가 많았다. 하지만 이 아이는, 아니 이 무도인은 수거함을 한 사람의 무도인으로 인정해 주었다.

예상치 못한 반응이었지만 수거함은 감상에 젖지 않기로 했다. 그는 계획대로 움직이길 좋아하는 군인이었다. 파견처에서는 이 아이를 만나자마자 남은 날을 통보하라 했다. 남은 인생을 정리할 기회를 주라는 것이다.

"당신은 9일 후에 소멸됩니다."

"그게 무슨 소리요?"

"9일 후에 목숨을 잃게 된다는 뜻입니다."

"누가 내 목숨을 노린다는 거요? 아까 그 뉴욕 경찰들이오?"

"아닙니다. 정확히 말하자면 당신이 아니라 당신이 장악하고 있는 그 여자애의 생명이 사라질 것입니다."

"여자애라……. 아, 가끔씩 의식의 문 앞에서 마주치곤 하는 어린애가 있긴 하오. 그런데 그 애의 생명을 노리는 자는 대체 누구요?"

"그 아이에게 생명을 준 설계자들이 내린 결정입니다. 저는 그 일을 집행하러 온 군인이고요."

"결국 9일 후에 젊은이가 그 아이를 죽일 예정이란 뜻이군. 그 애와 더불어 나도 소멸될 예정이겠구려."

"설계자들이 결정한 일정대로라면 그렇습니다."

수거함은 콜라를 한 모금 더 마시며 무도인을 보았다. 엉성하게 편집된 최배달의 데이터와 옥상의 칼바람 속에서 오들오들 몸을 떠는 여자아이. 둘은 의식의 주도권을 다투며 공존하고 있었다. 수거함은 계획한 일을 마칠 때까지 강현아의 의식을 깨우지 않을 작정이었다. 군인인 수거함으로선 어린 여자애보다는 무도인 최배달이 대하기 편했기 때문이다. 하지만 수거함은 강현아의 신체를 돌보아야 했다. 최배달의 의식이 장악하고 있지만 몸은 평범한 십대 아이였다. 이 옥상은 얇은 야구 점퍼 차림의 아이가 하룻밤을 지낼 만한 곳이 아니었다.

"한국으로 돌아가겠습니까? 아니면 당신이 세운 무파의 본원이 있는 일본으로 가겠습니까? 행선지를 정하면 제가 모시겠습니다."

수거함이 무도인의 의중을 물었다.

"북미에 남겠소. 내 일찍이 세계 각처의 고수들과 겨루고 극진 공수도를 알리기 위해 북미를 여러 차례 방문했소. 이번에는 원치 않는 소동에 휘말려 쫓기는 신세가 되었으나 나는 무도인 아니오. 이 땅에서 소란을 피운 값을 갚고 떠나겠소. 내 이 땅을 위해 할 수 있는 일이 뭔지 찾아볼 참이오."

수거함은 무도인의 뜻을 꺾지는 않았다. 대신 무도인이 남은 음식을 먹어 치우는 사이 대형 마트로 텔레포트하여 침낭과 담요, 핫팩 따위를 갖다 날랐다. 왕십리 놀이터에서 웬 노인한테 장도리로 얻어맞은 일을 생각하면 괘씸하긴 했지만 그렇다고 강현아를 이 강풍과 추위 속에 내버려 둘 순 없었다.

늦은 밤, 수거함이 수차례 권했으나 무도인은 침낭을 사양했다. 산속에서 수련하던 시절을 떠올리면 이 정도 바람은 바람 축에도 속하지 않는다 했다. 사실 무도인은 추위 자체를 못 느끼는 듯했다. 그는 실제 사람이 아니라 데이터에 지나지 않았기 때문이다. 하지만 사람인 강현아는 입술이 새파랗게 질려 있었다. 수거함은 무도인을 설득하기 위해 마트에서 침낭을 하나 더 가져왔다.

"당신은 어땠는지 모르나 저는 오늘 하루가 무척 고단했습니다. 이제 잠을 좀 자야 할 것 같은데, 연장자인 당신이 침낭을 사양하시니 저도 꼼짝없이 찬바람 속에서 밤을 지새우게 생겼습니다."

그제야 무도인은 꾸물꾸물 침낭 속으로 들어갔다. 하지만 또 할 말이 남았는지 다시 얼굴을 내밀었다.

"젊은이, 그대는 정의가 무엇이라 생각하시오?"

무도인의 기습 질문에 수거함은 얼른 휴대폰으로 구글에 접속했다.

"일찍이 『정의란 무엇인가』라는 저서에서 마이클 샌델은 정의를 판단하는 기준으로 행복, 자유, 미덕을 들었습니다. 사람들의 행복에 도움이 되는가, 사람들의 자유를 보장하는가, 세상에 좋은 영향을 끼치는가, 이 세 가지가 정의의 기준이라는 것이죠."

수거함은 휴대폰을 슬쩍 감추며 무도인에게 질문을 돌려주었다.

"그럼 당신은 정의가 무엇이라 생각하십니까?"

"행복, 자유, 미덕이 정의의 기준이라는 그대 말에 전적으로 동감이오. 그 세 가지면 충분한 것 같소. 다만 무도인으로서 정의를 어찌 실현하려느냐 묻는다면 이리 답하겠소. 나는 사람들의 행복과 자유와 미덕이 꺾이고 좌초되는 상황을 몸을 던져 막겠노라고. 그게 무도인의 길 아니겠소."

말을 마친 무도인은 침낭 지퍼를 끝까지 끌어올렸다. 곧이어 코고는 소리가 들려왔다. 무도인의 뜻과는 무관하게 강현아의 지친 몸이 잠들어 버린 것이다.

수거함은 옥상 난간에 서서 맨해튼의 야경을 내려다보았다. 이건 수거함이 이 세계에 오기 전에 그렸던 그림이 아니었다. 그는 행복과 자유와 미덕을 들먹이는 무도인을 만나고자 했던 것이 아니었다. 최배달의 도장 깨기 정신에 신들의 에너지인 락싸멘툼이 결합됐는데 그깟 행복과 자유와 미덕이 문제인가.

"행복? 자유? 미덕? 설계 윤리학자들 같은 나약한 소리는 집어치우고 네 힘을 증명해 보이라고, 무도인."

살을 에는 칼바람 속에서 수거함은 콧물을 훔쳤다.

5번가의 아침 식사

간밤 뉴욕 월스트리트와 배터리파크에서 펼쳐진 미스터리 추격전은 월드와이드 뉴스가 되어 세계 각국으로 퍼져 나갔다. 사실 뉴욕 경찰과 FBI는 이 일을 일반에 공개할 생각이 추호도 없었다. 사건의 실체를 밝히는 게 급선무였던 것이다. 초능력자로 추정되는 아시아계 소녀와 청년이 중국 쪽에서 실험 중인 비밀 병기라면, 상용화 단계를 앞두고 미국의 심장부인 맨해튼에서 실전을 치르게 한 거라면 미국으로선 제대로 일격을 당한 셈이다.

하지만 중국인 관광객들의 적극적인 제보로 사건 현장을 촬영한 영상이 언론에 공개되었다. 밤에 촬영된 영상이라 용의자들의 얼굴이 제대로 찍히진 않았지만 열 대 가량의 경찰차와 스무 명이 넘는 뉴욕 경찰이 속수무책으로 험한 꼴을 당하는 과정은 고스란히 담겨 있었다.

더욱이 용의자가 앳된 외모의 동북아시아계 소녀라는 사실이 알려지면서 한중일 3개국의 월요일 아침이 들썩거렸다. 중국 네티즌들은 소녀에게 '대륙의 기적'이라는 별명을 지어 준 반면 일본 네티즌들은 미일 관계에 혹시라도 누가 될까 봐 그 소녀가 일본인일 리는 없다고 딱 선을 그었다. 한편 한국의 네티즌들은 미국의 자작극을 의심했다. 수능을 며칠 앞둔 시점이라 사회적 피로도가 극에 달한 상태인 데다 언론을 향한 대중의 불신이 높은 사회다 보니, 웬만한 사건은 일단 의심하고 보는 네티즌들이 많았다.

FBI가 용의자의 신원 파악에 나선 가운데 월스트리트의 노숙자가 결정적인 제보를 해 왔다. 파파이스 매장 주변에서 생활하는 넛츠 트럼피 씨(45세)였다. 트럼피 씨는 격앙된 목소리로 자신이 용의자를 봤으며, 용의자와 이야기도 나눴다고 증언했다. 그 증거로 트럼피 씨는 텔레비전 카메라를 향해 외국 지폐 한 장을 흔들어 보였다. 그건…… 세종 대왕 어진이 인쇄된 만 원짜리 지폐였다.

그제야 한국인들도 이 사건에 관심을 기울이기 시작했다. 우방 미국의 안위를 걱정하는 이들도 있었고, 우리나라 정치인도 군대도 해내지 못한 일을 어린애가 해냈다며 지지를 표하는 이들도 있었다. FBI가 밝힌 바에 따르면 용의자는 160센티미터의 키에 깡마른 체형의 소유자였다. 한국 네티즌들의 주도로 용의자의 신원 파악 작업이 진행되는 와중에 일본 네티즌들은 용의자를 '테러리스트'라 부르기 시작했다. CNN, 폭스TV 게시판에는 한일 네티즌들의 설전이 벌어졌다.

한국의 10대, 20대 네티즌들은 용의자와 경찰 사이에 무슨 일이 있었는지 의문을 제기하기 시작했다. 무장 경찰들이 10대 외국인 소녀를, 그것도 무기 하나 지니지 않은 외국인 소녀를 위협했다는 사실 자체를 문제 삼은 것이다. 용의자를 색출하려던 한국 내 분위기는 뉴욕 경찰에 대한 성토로 바뀌었다.

그러던 차에 누군가 용의자의 과거 행적에 관한 자료를 유튜브에 올렸다. 이 어마어마한 일을 해낸 이는 주식 투자자이자 유튜버인 황개미였다. 황개미는 최근 아론컬처 엔터테인먼트 사옥 앞에서 있었던 차량 공중 부양 사건과, 오형석 출소 당일 청송 교도소 앞에서 벌어진 인체 공중 부양 사건, 그리고 이번 뉴욕 맨해튼 사건이 모두 같은 맥락의 사건이라 단정했다. 아론컬처 엔터테인먼트 사건과 청송 교도소 사건의 CCTV 화면을 분석한 결과 공통된 인물을 찾아냈다는 것이다.

황개미는 자신도 소녀의 정체는 모른다 했다. 다만 얼굴은 공개할 수 있노라 했다. 황개미가 올린 동영상의 마지막에는 앳된 얼굴의 소녀가 등장했다. 그건 현아의 얼굴이었다.

현아의 얼굴이 알려지자 각 방송사로 제보가 빗발쳤다. 오형석 출소식 날, 출소 반대 시위를 하느라 사건 현장에 있었다고 밝힌 한 네티즌도 방송사 게시판에 글을 남겼다. 정의감이 남달라 보였으며, 이유 없이 뉴욕 경찰을 공격할 아이로 보이진 않았다는 게 글의 핵심이었다.

일파만파 퍼지던 소식은 드디어 왕십리 동흔고등학교에 다다랐다. 언론에 공개된 사진이 강현아라는 걸 동흔고 애들은 한눈에 알아보았다. 그중에서도 현아네 반 아이들은 한문 선생이 무언가에 얻어맞은 것처럼 솟구쳐 날아가던 일을 기억하고 있었다.

"아니야! 절대 아니야! 강현아가 그럴 리가 없잖아! 금요일까지 우리랑 수업 듣고 밥 먹고 했는데, 주말에 뉴욕으로 날아가서 테러를 한다는 게 말이 돼? 일단 강현아는 미국까지 갈 돈이 없어. 그리고 아이돌 덕질 할 때 빼놓고는 동네 밖으로 잘 나가지도 않는 애야. 너희도 알잖아, 강현아가 어떤 앤지."

종례를 앞두고 심지훈이 반 아이들에게 호소했다. 그러면서도 횅하니 비어 있는 현아의 자리로 자꾸만 눈길이 쏠리는 것이었다. 아니, 얘는 이런 날 학교에 빠지고 그래? 평소에 지각도 잘 안 하던 녀석이 하필 이럴 때 무단결석이냐고! 1차 사건은 왜 또 아론컬처 엔터테인먼트 사옥 앞에서 일어난 건데? 강현아, 너 왜 쓸데없이 돌아다니다가 사진을 찍히고 그러냐? 사진이라면 내가 얼마든지 찍어 줄 수 있는데!

그 시각 뉴욕 맨해튼에선 무도인과 수거함이 아침을 맞았다.

"북미 대륙에 남겠다는 무도인의 뜻은 존중해 드리겠습니다만 이제 다른 도시로 옮겨야 할 것 같습니다. 이곳은 북미에서도 가장 복잡한 곳입니다. 간밤의 소동도 있고 하니 조용한 곳에 새 거처를 마련하는 게 어떻겠습니까?"

수거함은 침낭을 비롯한 짐들을 어느 무인도에 버리고 오는 길이었다. 머문 자리를 철저히 갈무리하는 것은 군인인 수거함의 몸에 밴 습관이었다.

"간밤엔 본의 아니게 이 도시에 폐를 끼쳤소만 이제 새날이 밝지 않았소? 이 도시에서 무도인의 길을 걷겠소."

"맨해튼 거리로 내려선 순간 체포될 텐데요?"

"어려움을 피해 가는 자가 어찌 무도인이라 할 수 있겠소? 각오는 돼 있으니 걱정 마시오."

남은 날은 8일. 앞으로 여드레 동안 무도인은 인생을 응축하여 살아야 할 것이다.

도서관이나 미술관, 박물관, 대형 쇼핑센터, 공연장 등은 아시아 여성의 신분 검사가 강화되었다. 한인 타운과 차이나타운에도 경찰이 쫙 깔렸다. 수거함은 일단 무도인을 배불리 먹이기로 했다. 강풍을 맞으며 한뎃잠을 잔 탓인지 강현아의 얼굴에 핏기가 없었다. 아픈 줄도 모르고 피곤한 줄도 모르는 무도인의 말만 믿다가는 강현아의 몸이 견뎌 내질 못할 것이다.

"아까 검색해 보니 5번가에 괜찮은 레스토랑이 있다는데, 거기서 아침이나 드시죠."

그로부터 1분 후 수거함과 무도인은 허름한 레스토랑으로 들어섰다. 강현아는 집에서 쓰고 나온 회색 스냅백 대신 수거함이 구해 온 뉴욕 양키스 모자를 눌러쓴 채였다.

에그 베네딕트 2인분과 베이컨, 코코아, 커피까지 주문한 음식이 모두 나오자 무도인은 코코아 잔부터 들었다.

무도인은 한참이나 후후 불어 가며 코코아를 마셨다.

"따뜻하니 맛이 좋소."

수거함은 코코아를 시킨 걸 후회했다. 무도인의 입가에 남은 코코아 자국이 수거함의 기억을 마구 들쑤셨던 것이다.

"급히 다녀올 데가 있어 딱 5분만 자리를 비우겠습니다. 천천히 식사하고 계시지요."

수거함은 레스토랑 화장실에서 다른 우주로 텔레포트했다.

글리제 581. 지구에서 20광년 떨어진, 천칭자리에 위치한 적색 왜성. 시뮬레이션 지구의 과학자들이 지구형 행성이 있을 것으로 추정하는 항성계. 수거함이 도착한 곳은 글리제 581의 변두리 행성이었다. 수거함은 아무도 모르게 그곳에 작은 추모 공원을 만들어 두었다. 유리 돔을 짓고, 그 안에 지구의 대기를 꽉 채운 다음 정원을 가꿔 놓았다. 장미와 끈끈이주걱, 파리 떼, 상수리나무와 번식 능력을 상실한 다람쥐 한 쌍, 포도 넝쿨이 두서없이 어우러진 정원이었다. 그리고 정원 한가운데 무덤이 있었다. 수거함이 사랑했던 유일한 사람이자, 시뮬레이션 지구의 지성체였던 루이즈의 무덤이었다.

수거함은 루이즈의 무덤 앞에 퍼질러 앉아 필름 카메라를 만지작거렸다. 어린 시절 루이즈가 아르바이트를 해서 중고로 장만한 최초의 카메라였다. 워낙 낡고 성능도 떨어져서 현장에 가지고 다니지는 않았지만 루이즈는 늘 이 카메라를 가장 아꼈다.

"잘 지냈어? 네가 살아 있었다면 한참 코코아를 마실 계절이야. 늦가을에서 겨울로 접어들 무렵이면 아침마다 코코아를 마셨잖아. 네가 살아 있으면 좋을 텐데. 그랬다면 시뮬레이션 지구도 그리 역겨워 보이진 않았겠지?"

수거함은 루이즈의 정원을 둘러보았다. 생전에 그녀가 좋아하던 것들로 채워진 공간이었다. 루이즈가 완벽하게 소멸되었다는 걸 알지만 이렇게라도 루이즈를 기억하지 않으면 수거함 자신이 소멸될 것 같았다.

루이즈는 오스트레일리아 국적의 종군 기자였다. 지구의 분쟁 지역을 누비며 사진을 찍던 루이즈는 아이들에게 가해진 전쟁의 참상을 카메라에 담았다. 아이들의 죽음 앞에서는 그 어떤 전쟁의 명분도 설 자리가 없다는 게 루이즈의 신념이었다. 시뮬레이션 지구에 작전을 수행하러 왔던 수거함은 우연히 루이즈를 만나 사랑에 빠졌고, 임무가 끝난 뒤에도 가끔씩 루이즈를 보러 지구에 오곤 했다. 루이즈는 수거함이 자신과 완벽하게 다른 존재라는 걸 알았고, 그 때문에 지구인들이 생각하는 평범한 사랑은 나눌 수 없다는 것도 알았다. 그럼에도 루이즈는 수거함의 연인이 돼 주었다. 수거함은 루이즈 몰래 설계자의 능력을 이용하여 그녀에게 영생을 부여할 방법을 찾고 있었다. 하지만 이 행성의 전쟁터에서 루이즈는 소멸되고 말았다.

대규모 폭격 속에서 루이즈는 그토록 좋아하던 아이들과 함께 숨을 거두었다. 어린아이들의 학교를 폭격한 주체를 두고 전쟁의 양 진영이 첨예하게 대립했다. 아이들과 루이즈는 죽었는데, 폭격을 시인하는 세력은 없었다. 그 뻔뻔함과 역겨움이 또 한 번 수거함의 마음을 무너지게 했다.

맨해튼 5번가 레스토랑에서 입가에 코코아 자국을 묻힌 강현아는 뜻밖에도 루이즈와 닮은 구석이 있었다. 얼굴도 다르고, 말투도 다르고, 살아온 환경도 달랐지만 두 사람에겐 공통점들이 있었다. 쓸데없는 정의감으로 똘똘 뭉쳐서 주변 사람들을 걱정하게 만드는 것도 같았고, 코코아를 마시고도 입가를 닦지 않는 것도 똑같았다. 하지만 두 사람에겐 결정적인 차이가 있었다. 한 사람은 수거함이 사랑한 사람이었고, 또 한 사람은 수거함이 옛 연인의 복수를 위해 선택한 도구에 불과했다.

"때가 됐어, 루이즈. 시뮬레이션 지구는 널 죽인 대가를 치를 거야. 강현아와 무도인 최배달이 지구의 지성체들에게 파국을 안겨 줄 테니까."

수거함은 하늘에 옅게 뜬 글리제 581을 보았다. 수거함의 가슴에선 핏빛 서사가 전개되고 있었는데 태양은 그저 맑기만 했다.

너를 기억해

무도인은 혼자 남아 식사를 했다. 혼자 먹는 아침…… 수란의 노른자를 퍼 먹은 탓인지 혀끝에 비릿한 맛이 감도는 아침이었다. 비린 맛에 기분이 상했을 때 처방하는 특급 레시피가 있었다. 이름 하여 '세모는 진리다' 레시피! 제육볶음 삼각김밥에 삼각포리 커피우유. 거기에 아작아작 세모 모양 나초 칩까지 더하면…… 무도인은 급히 코코아 한 모금을 마셨다. 왜 갑자기 그런 희한한 조합의 음식들이 머릿속에 떠올랐는지 알 수 없었다.

더 희한한 것은 무도인의 혀가 그 맛을 기억하고 있다는 점이었다. 무도인이 즐기던 음식이 아닌데도 입맛이 절로 다셔졌다. 결국 무도인은 에그 베네딕트를 뭉개 놓고서 포크를 내려놓았다. 눈앞에 차려진 음식들에 갑자기 흥미를 잃은 것이다.

차라리 세수나 말끔히 하고서 수거함을 기다리자는 생각으로 매장 내 화장실로 갔다. 당연히 남자 화장실로 들어간 무도인은 손을 씻는 젊은 남자를 보고 인사를 건넸다.

"오! 굿모닝!"

하지만 젊은 남자는 휘둥그레진 눈으로 서둘러 화장실을 빠져 나갔다. 인사도 받지 않고, 손에 묻은 세정제도 제대로 헹구지 않고서 말이다. 세면대에서 푸득푸득 얼굴과 목덜미를 씻고 입도 꿀렁꿀렁 헹군 다음 무도인은 거울을 보았다. 거울 속에…… 어린애가 있었다.

중후하게 각진 턱과 시원하게 벗겨진 이마, 짧고 굵은 목과 무도인의 기상이 서린 넓은 어깨는 온데간데없고 얼굴이 자그마하고 목이 가는 여자애가 뉴욕 양키스 모자를 삐뚜름하게 눌러쓰고서 무도인을 쏘아보고 있었다.

흠칫 놀라 뒷걸음질 치던 무도인은 다시 거울을 들여다보았다. 무도인이 움직이면 거울 속 여자애도 따라 움직였다. 무도인은 눈을 꿈적거리며 거울에 바특하게 다가섰다. 그러고는 그 신기한 얼굴을 한참이나 들여다보았다. 검고 동그란 눈동자가 한 치의 흔들림도 없이 무도인을 바라보고 있었다. 무도인은 어쩐지 그 눈빛이 낯익었다. 모자 아래로 헝클어진 앞머리가 삐죽 드러나 있었다. 그 순간 무도인은 자기도 모르게 점퍼 주머니를 더듬어 작은 일자 빗을 꺼냈다. 주머니에 빗이 들어 있으리라곤 상상도 못 했던 무도인이었다. 모자를 벗고 천천히 앞머리를 빗던 무도인은 누구 것인지 불명확한 기억을 더듬기 시작했다. 누군가 아침에 혼자 일어나서 가방을 챙기고, 교복을 털어 입고, 머리를 빗었다. 늦잠을 잔 날은 동네 골목 어귀의 편의점에서 아침을 해결했다. 길고양이를 만나면 꼭 인사를 했고, 동네 먹자골목의 메뉴와 음식값을 꿰고 있었으며, 남자 아이돌 그룹을 광고 모델로 기용한 가전제품 대리점 앞에서는 꼭 걸음을 멈추었다. 매장 유리벽에 붙어 있는 실물 크기 모델 사진과 눈을 맞추며 인사도 잊지 않았다. 오빠들, 저 학교 다녀올게요! 그 순간 무도인은 오래 참았던 숨을 터뜨렸다.

"강현아!"

이름 석 자가 발화되는 순간, 무도인과 현아의 기억이 역전되었다. 이제 의식의 주도권은 현아에게 있었다. 현아는 눈물을 글썽이며 거울 속 자신의 얼굴을 노려보았다.

"돌아왔어, 강현아."

이제 현아는 머릿속 무도인과 기억을 공유했다. 어젯밤 월스트리트와 바닷가 공원에서 무도인이 무슨 사고를 쳤는지, 자신을 빌딩 옥상으로 피신시킨 사람이 누구였는지, 수거함이라는 그 초능력자와 무슨 이야기를 나누었는지 죄다 복기할 수 있었다. 오형석의 출소 현장에서, 동네 놀이터에서 두 차례나 마주쳤던 옛날 양복을 입은 남자. 수거함이라는 기이한 이름을 가진 사람을 떠올리자 머릿속에 경고음이 울렸다. 그 사람이 왜 자신을 뒤쫓는지는 알 수 없지만 달아나야 한다는 사실만큼은 선명하게 기억났다.

"젠장!"

현아는 그대로 레스토랑을 뛰쳐나왔다.

거리에는 장대비가 내리고 있었다. 잠시 내리다 그칠 비가 아니었다. 정신이 오락가락하고, 열일곱 살 여자애와 중년의 무도인을 오가며 살아가는 강현아를 지치게 하려고 작정하고 내리는 비 같았다. 현아는 몸을 움츠리며 빗속을 걸었다. 이가 절로 딱딱 부딪치고 입김이 뿜어져 나왔다. 하지만 축축한 냉기보다 더 잔혹하게 현아를 다그치는 기억이 있었다. 얼굴이 지워져 버린 누군가, 현아의 기억을 툭툭 끊기게 만든 누군가가 있었다.

"너 누구야? 그 편의점에도 네가 있었고, 학교에도 네가 있었고, 네가 날 뉴욕으로 데려왔고, 여기서 기다리라고 말했잖아. 너 대체 누구냐고!"

하지만 현아의 기억은 끝내 답을 찾아 주지 않았다. 차가운 장대비만 눈치 없이 내리꽂히는 아침이었다. 이름 모를 거리를 걷고 있는데, 저만치 큰 빌딩 앞에 흑인 소년이 커다란 피켓을 들고 있는 게 보였다. 피켓에는 'TO STOP THE RACIST!'라는 글귀가 쓰여 있었다. 굵은 빗줄기가 피켓과 얼굴을 두드렸지만 소년은 꿈쩍도 하지 않았다. 잠시 후 20대쯤으로 보이는 백인 커플이 눈짓을 주고받으며 소년에게 다가갔다. 현아는 뭔가 심상치 않은 낌새를 챘다. 홍익인간 강현아의 촉이었다. 어쩌다 보니 뉴욕의 거리를 헤매는 신세가 되었지만 현아는 자신이 누군지는 똑똑히 기억하고 있었다. 아니나 다를까 소년 곁으로 슬쩍 다가선 백인 커플은 품에 감추고 있던 피켓을 꺼내 보였다.

MAKE AMERICA WHITE AGAIN!

피켓을 치켜든 소년은 분노로 얼굴을 일그러뜨리면서도 꼿꼿한 자세를 유지했다. 하지만 홍익인간 현아는 참을 수가 없었다.

미국을 다시 하얗게 만들자는 말이 백인 우월주의를 표현한 문구라는 건 뉴욕의 길고양이들도 알 터였다. 홍익인간의 정신, 널리 인간을 이롭게 하는 첫걸음은 분노해야 할 일에 제대로 분노하는 것이다.

"아니, 뭐 이런 개차반들이 다 있어!"

현아는 척력 에너지로 인종 차별주의 커플을 길 건너 빌딩 현관으로 날려 버렸다. 하지만 현아가 미처 모르는 사실이 두 가지 있었다. 방금 인종 차별주의자 둘이 포물선을 그리며 날아간 그 빌딩이 '트럼프 타워'라는 것과 트럼프 타워의 주인이 미국의 대통령이라는 것.

"프리즈!"

경찰 하나가 현아에게 총을 겨누었다.

"아, 짜증 나. 총을 겨눌 곳은 내가 아니라 저 인종 차별주의자들이라고요!"

현아는 경찰도 마저 날려 버렸다. 그 과정에서 요란한 총성이 울렸고 짧은 시차를 두고 뭔가가 와장창 깨지는 소리가 울렸다. 빌딩 근처 시계 조형물의 유리가 깨진 것이다. 일이 또 복잡하게 돌아가고 있었다. 현아는 급히 피켓을 든 흑인 소년에게 달려갔다.

"굿 럭(행운을 빕니다)! 이츠 베리 콜드 레인(비가 이렇게나 찬데) 고 투 더 웜 플레이스(어디 따뜻한 데 좀 들어가세요). 이프 낫, 유어 마우스 윌 사이드 어웨이(안 그러면 입 돌아갑니다)."

왠지 인사 정도는 하고 떠나야 할 것 같아서였다.

경찰들이 쫓아왔다. 트럼프 타워를 등지고 페닌슐라 호텔을 지나 7번가 쪽으로 내처 달렸다. 경찰들이 사방에서 튀어나왔다. 빗속 출근 시간대라 커다란 우산들이 거리를 빼곡하게 점령한 덕에 현아는 몸을 피하며 계속 달릴 수 있었다. 하지만 얼마나 더 버틸 수 있을지는 미지수였다. 자그마한 동양인 여자아이는 어디서든 눈에 띄었다.

총에 맞아 죽긴 싫은데……. 왕십리 집으로 돌아가고 싶은데, 지훈이에게 작별 인사를 해야 하는데, 제이엠 오빠들한테 마지막 편지도 써야 하는데. 아까 내 기억을 깨워 준 게 오빠들이었으니까. 아빠한테 전화도 해야 하고, 엄마한테 결혼 축하한다고 말해 줘야 하는데……. 하지 못한 일들, 미처 못 한 말들이 현아를 따라붙었다. 외로웠던 순간들이 얼음 결정처럼 차고 예민하게 되살아났다. 하지만 그 촘촘한 외로움들이 반짝이고 있었다. 혼자였던 시간이 빚어낸 얼음 결정들이 어떤 광원을 만나 반전을 맞이한 것이다. 그 광원은 현아의 인생에 선물처럼 등장한 척력 에너지였다. 그 힘 덕에 현아는 자기 인생을 박차고 나와 홍익인간이 되기로 결심했다. 그리고 그때 현아 곁에는…….

"네가 있었어."

현아는 빗속에서 걸음을 멈추었다.

"미…… 카……!"

수거함에게서 달아나라고 소리친 것도 미카였고, 현아를 뉴욕 맨해튼 타임스 스퀘어로 데려온 것도 미카였고, 꼭 돌아오겠다는 약속을 남기고 떠난 것도 미카였다. 현아가 마침내 미카의 기억을 복원해 냈다.

"스탑! 돈 무브!"

경찰들이 총구를 겨눈 채 포위망을 좁혀 왔다.

그 순간 우산을 쓴 남자가 큰 보폭으로 현아에게 다가섰다. 족히 190센티미터는 됨 직한 키에 밝은 은발의 남자였다. 남자는 현아를 우산 밑으로 끌어당겼고, 잠시 후 그 자리엔 체크무늬 우산 하나만 덩그러니 떨어져 있었다.

5장 바람의 현아

소환

한국은 벌써 깊은 밤이었다.

현아는 아론컬처 엔터테인먼트 옥상에서 은발머리와 마주 서 있었다.

"미카랑 수거함에 이은 세 번째 초능력자이신가요? 미카도 처음엔 나를 감시하러 왔다 했고, 수거함은 미카를 공격했지만 아마도 최종 목적은 나였을 거예요. 간밤에 수거함이란 자가 곧 저를 죽이겠다고 했어요. 그럼 당신은 누구죠? 혹시 수거함이 잘못돼서 당신이 대신 온 건가요? 나 죽이러?"

현아는 은발머리를 아래위로 훑었다. 가뜩이나 큰 키가 롱코트 때문에 더 커 보였다.

"거봐, 맞네. 관상부터가 딱 저승사자 삘이네. 아까 총 맞아 죽을 뻔한 거 구해 준 건 고마운데요, 저 아직 맨해튼에 볼일이 남았으니까 다시 뉴욕으로 데려다주세요. 거기서 누굴 좀 기다려야 하거든요."

"누구?"

은발머리의 첫마디였다.

"있어요, 친구. 일단 뉴욕으로 데려다주세요. 타임스 스퀘어 주변이면 더 좋고요."

미카가 흩어져 버린 그 골목을 떠올리자 현아는 왈칵 눈물이 쏟아졌다. 미카를 뉴욕 길거리 어딘가에 버리고 온 기분이었다.

"아니다, 일단 집에 데려다주세요. 이번에는 짐을 좀 챙길래요. 따뜻한 옷도 챙기고, 먹을 거랑 생필품도 챙기고요. 그런 다음 다시 맨해튼에 갈래요. 한마디 상의도 없이 날 한국으로 데려왔으니까 날 맨해튼에 데려다주는 것도 당신 일이에요. 아, 그전에 꽃부터 구해야겠네. 내가 본의 아니게 얼굴이 많이 알려져서 그러는데, 그쪽이 꽃다발 하나만 사다 줘야겠어요. 돈은 이따가 집에 가서 줄게요."

"꽃은 뭐 하게?"

"친구가 사라진 골목에…… 꽃을 갖다 두고 싶어요."

"친구를 기다려야 한다더니. 실은 그 친구가 죽었다고 생각하는 거야?"

"몸 가장자리부터 이렇게…… 이렇게 먼지처럼 흩어졌다고요."

현아는 울먹이며 두 손을 오므렸다가 확 펼쳐 보였다.

"그게 죽은 게 아니면 뭐예요? 원래 이상하던 녀석이라 죽을 때도 이상하게 죽은 거라고요."

"강현아……."

은발머리가 현아를 감싸 안았다. 현아는 텔레포트가 시작된 줄 알고 눈을 꼭 감았다. 하지만 몇 초 후 다시 눈을 떴을 때 주변 풍경은 그대로였다.

"날 기억해 주고 다시 불러 줘서 고마워."

은발머리가 현아를 내려다보았다.

"누구……."

"네가 기억해 주면 돌아온다고 했잖아."

은발머리는 미카였다.

동흔고등학교 1학년 6반 전학생이라는 설정값이 파괴되어 이 세계에서 증발해 버린 그 미카였다. 미카가 설계자 세계로 돌아가자 시뮬레이션 지구에선 미카의 흔적들이 절로 지워졌다. 동흔고 아이들의 기억에서, 지훈이가 찍은 현아와 미카의 투샷에서, 퇴계 고시텔의 기록에서 미카는 지워져 버렸다.

하지만 현아는 미카를 다시 기억해 냈다. 그건 이론상으로는 불가능한 일이었다. 설계자들의 프로그램에 따르면 인간이 설계자에 대한 기억을 복원해 내는 건 불가능하다. 하지만 미카는 설계자들의 판단이 틀렸을 수도 있다고 생각했다. 인간은 설계도면대로만 움직이는 존재가 아니니까. 비 오는 뉴욕 거리에서 현아가 미카의 이름을 부르는 순간, 이 세계는 미카라는 존재를 다시 복원시켰다.

여섯 살 겨울. 풀꽃반 선생님이 달님 그림책을 읽어 주었던 그날, 현아는 저녁을 먹다 말고 창가로 뛰어갔다. 현아는 달님이 좋았다. 그림책에서 분명히 그랬다. 달님은 나랑 놀고 싶어서 떠오르는 거라고. 현아는 밥 먹는 틈에 달이 사라져 버릴까 봐 밥 한 숟갈 먹고 창가로 달려가고 또 한 숟갈 떠먹고 달을 보러 갔다. 엄마는 한숨 섞인 목소리로 말했다.

"그 달 어디 안 간다. 빨리 밥이나 먹어."

고고학자이자 시간 강사인 엄마는 식탁 맞은편에서 상형 문자로 가득한 자료를 뒤지고 있었고, 현아는 불안한 마음에 창 쪽을 흘끔거리며 밥을 마저 먹어야 했다. 상형 문자도 척척 읽어 내는 엄마는 어쩐지 현아의 마음을 해독하는 일에는 서툴렀고, 현아는 나날이 속말이 늘어 가던 시절이었다.

그때 여섯 살짜리 현아는 알고 있었던 게 아닐까? 제가 봐 주어야만 달이 거기 존재한다는 걸.

여섯 살 현아가 봐 주어야만 달이 거기 존재할 수 있었던 것처럼, 현아의 기억과 부름이 미카를 이 세계로 소환한 것이다. 그건 미카가 현아에게 돌아올 수 있는 유일한 통로였다. 시뮬레이션 세계의 지성체가 그 세계를 떠난 설계자를 기억해 내면 설계자는 그 세계로 다시 들어올 수 있었다. 기억을 온전히 지워야 한다는 구실이 생기기 때문이다.

한참이나 얼빠진 얼굴로 은발머리를 올려다보던 현아가 도리질 쳤다.

"그쪽이 손미카라고요? 그걸 나더러 믿으라는 거예요? 그쪽이랑 우리 미카, 하나도 안 닮았는데?"

"네가 알던 전학생 손미카는 설정값, 그러니까 데이터가 다 망가져서 이젠 복원이 안 돼. 그래서 내 원래 모습으로 온 거야."

하지만 현아는 여전히 미심쩍은 얼굴이었다.

"돌아오고 싶었어, 강현아. 정말로 돌아오고 싶었어."

회색 눈동자가 현아를 보고 있었다. 분명 미카와 눈 크기도 다르고 눈동자 색깔도 다른데 눈빛이 미카였다. 맨해튼 타임스 스퀘어 광장에서 몸피가 차츰 여틈해질 때, 현아를 바라보던 그 눈빛 그대로였다.

"손미카…… 너 정말…… 꼴이 이게 뭐야?"

그제야 현아는 은발머리의 팔뚝을 쥐고 흔들었다.

"왜 이렇게 팔척 귀신같이 변해 버린 건데? 이 치렁치렁한 코트는 또 뭐야? 미카는 동그랗고 귀엽고 안경 끼고, 교복도 잘 어울리고, 머리 색깔도 내가 딱 좋아하는 체스너츠 브라운이고, 키도 딱 적당했는데."

"언제는 잘생긴 애가 좋다며? 키 크고, 맨투맨 티셔츠랑 스냅백 잘 어울리고, 귀엽다가 섹시했다가 왔다 갔다 하고, 속상하면 너한테 기대서 울고, 강현아 너처럼 생긴 애가 이상형인 그런 남자가 좋다면서? 딱 그런 남자 네 앞에 있잖아. 지금 당장 맨투맨 티셔츠랑 스냅백 사러 가?"

버럭 소리를 질러 놓고 미카는 두 손으로 현아의 얼굴을 감싸 쥐었다.

네가 뭘 알아, 강현아. 설계자들 세계에 돌아간 뒤로 매순간 너만 생각했다고. 아무것도 못 하고 네 지난 인생 기록들만 주야장 천 들여다보고 있었단 말이야. 이렇게 냄새로 촉감으로 눈빛으로 감각되는 널 알아 버려서, 설계자들의 그 세계가 얼마나 불완전해 보였는지 몰라. 기호와 숫자로 읽히는 네 이야기가 헛헛해서 죽을 뻔했다고.

달이 사라져 버릴까 봐 걱정되어 창 쪽을 흘끔거리며 밥 먹는 너를.

개를 묶어 놓고 발길질하는 동네 할아버지에게 냅다 신발주머 니를 던지고 달아나던 너를.

아빠가 아주 떠난 날, 아빠의 책상 맨 아래 서랍에서 네 편지들 을 발견하고는 왈칵 눈물을 쏟던 너를. 아빠가 그 편지들을 실수 로 못 챙긴 건지, 일부러 두고 간 건지 아직도 고민하는 너를.

성당 고해소에 들어가서 "나는 마음이 아파요. 신부님도 그래 요?"라고 묻고 나오던 너를.

길에서 서너 살짜리 아들의 따귀를 때리는 아줌마를 말리다가 뺨을 얻어맞고 돌아서던 너를.

집에서 혼자 밥 먹는 게 싫어서 아침 일찍 편의점으로 향하던 너를.

"이렇게 감각하고 싶었다고."

미카는 며칠째 씻지도 못한 현아의 정수리에 코를 박고 울었다.

인터폴 수배자, 엄마 아빠의 부재중 전화 61통, 읽지 않은 문자 149개, 이 시각에도 절찬 중계 중인 월드와이드 뉴스의 주인공. 현아는 바란 적 없던 종류의 관심과 유명세였다. 미카는 현아를 집에 데려다주었다. 집 앞 골목에 사복 경찰들이 배치돼 있어서 곧장 집 안으로 공간 이동을 한 것이다. 현아는 거실 불을 켜지 않고 곧장 목욕탕으로 들어갔다. 오랜만에 뜨거운 물로 몸을 씻었다. 팔자에 없던 풍찬노숙의 여파로 밀어도 밀어도 때가 나왔다. 오금, 쇄골, 겨드랑이, 발등, 복숭아뼈 주변까지 꼼꼼하게 때를 밀고, 노숙에 대비한 생존 배낭을 챙기고, 옷도 갈아입었다. 편하고 활동적이면서도 현아한테 잘 어울리는 동흔고 체육복이었다.

어둠이 들어찬 집을 둘러보는데 괜히 울컥했다. 언제 다시 돌아올지, 돌아올 수는 있을지 알 수 없었다. 엄마와 아빠의 DMZ였고, 낡은 벽지 구석구석 현아의 혼잣말이 배어 있는 이 공간과 기약 없는 이별을 해야 했다.

"안녕, 집."

현아는 전원을 끈 휴대폰을 식탁 위에 올려놓는 것으로 떠날 준비를 모두 마쳤다.

냉장고 모니터의 불빛이 식탁에 앉은 미카를 비추고 있었다. 현아가 씻고 준비하는 사이 미카도 치렁치렁한 코트 대신 말끔한 옷차림으로 바뀌어 있었다. 190센티미터에 달하는 키와 밝은 은발에도 불구하고 미카는 맨투맨 티셔츠와 스냅백이 잘 어울렸다.

"수거함은 8일 후에 날 죽일 거랬어. 너도 알고 있었어?"

현아가 물었다.

"그래."

"알면서 왜 귀띔도 안 해 줬어? 하마터면 죽는 줄도 모르고, 아무 대비도 못 하고 죽을 뻔했잖아."

"원래는 내 손으로 널 없애야 하는 거였어. 내가 그 일을 거부하니까 다른 집행관을 보낸 거야."

"뭐야? 그럼 처음에 네 눈에서 느껴지던 살기가 진짜였던 거야?"

"그때는 널 모르던 때니까. 이젠 아니야. 그자가 널 해치게 두지 않을 거야."

맨해튼 거리에서 현아가 미카의 이름을 부르던 순간, 미카는 설계자 세계에 작별을 고했다. 어쩌면 영영 돌아가지 못할지도 모르니까. 상대는 킬러로서 명성이 자자한 군인 출신이었다.

"그런데 왜 나한테 어디 가고 싶은 데 없는지 물어본 거야? 꼭 내가 죽을 걸 아는 사람처럼."

"최악의 경우를 대비한 거야."

"최악의 경우? 그러니까 내 죽음도 네 경우의 수에 있었다는 거네?"

현아가 삐뚜름한 눈길로 되물었다.

"그래. 하지만 너 혼자서는 아니야. 네가 소멸되면 나도 같이 소멸될 거니까."

밤의 해변에서

가을밤과 아이스크림은 꽤 괜찮은 조합이었다.

시야가 탁 트인 동흔고 옥상도 좋았다. 미세먼지와 도심의 불빛 때문에 별은 보이지 않았지만 현아 앞엔 미카가 있었다. 미카는 맞은편 난간에 기대서서 아이스크림을 먹고 있었다. 현아는 앞으로의 일들을 가늠할 수 없었다. 하지만 이거 하나만큼은 확실했다. 평범한 고등학생으로는 다시 돌아갈 수 없다는 것. 뉴욕 경찰을 상대로 난동을 부린 아이, 기이한 능력을 가진 아이를 감당하기에는 이 세상이 너무 물렀다. 자신을 지키려 하다간 저 무른 세상의 누군가가 상처를 받을 것이다. 지훈이라거나 어쩌면 엄마라거나……. 현아는 이대로 일상에서 퇴장하는 것도 방법이라고 생각했다.

"강현아의 인생은 내려놓을 생각이야."

현아가 아이스크림 막대를 쪽쪽 빨며 말했다.

"무슨 소리야 그게?"

미카가 상처받은 얼굴로 되물었다.

"오해하지 마. 순순히 죽겠다는 게 아니야. 이젠 학교도 때려치워야 할 분위기니까 홍익인간 프로젝트에 좀 더 몰두하겠단 거야."

"그건 안 돼. 이 시점부터 락싸멘툼은 쓰지 마. 그 에너지를 썼다간 집행관에게 네 위치를 알려 주는 꼴이 될 테니까."

하지만 현아는 고개를 저었다.

외로움을 견디는 게 인생 목표였던 시절이 있었다. 그리고 앞으로는 쥐 죽은 듯 숨어 지내며 살아남는 게 인생 목표가 될지도 모른다. 현아는 그리 살고 싶지 않았다. 더는 견디는 일 자체를 인생 목표로 삼고 싶진 않았다. 현아는 홍익인간이니까.

"하나 더 먹어. 투 플러스 원이라 하나 더 있어."

현아는 아이스크림을 공중으로 쏘아 올린 다음 미카에게 밀어 주었다.

"강현아!"

미카가 말릴 틈도 없이 현아가 락싸멘툼을 써 버린 것이다. 하늘에서 거대한 황소상이 떨어진 건 그때였다. 이제 막 모퉁이를 돌아 현아에게 달려들 듯한 자세의 황소상이었다.

"재회의 선물로 월스트리트의 황소를 잡아 왔어. 어때, 맘에 드니?"

수거함이 현아를 보며 웃었다.

"에그 베네딕트까지 대접했는데 인사도 없이 사라졌더군."

현아는 몸을 떨며 가만 서 있었다. 당장 수거함과 맞서 싸우고 싶은데 황소상이 현아의 머릿속에서 최배달을 불러내고 있었던 것이다. 수거함의 덫이었다.

"강현아, 여기 그대로 있어! 내가 이따가 와서 깨워 줄게."

미카는 수거함을 잡아끌며 사라졌다.

경상남도 거제시 동부면에 위치한 몽돌 해변.

한적한 바닷가였다. 미카가 수거함을 끌고 이곳으로 텔레포트한 것이다.

현아의 기억에서 훔쳐 본, 할머니댁 근처의 바닷가였다. 현아는 이 해변을 소리로 기억하고 있었다. 새벽녘 거친 파도가 해변의 몽돌을 굴리고 지나가는 소리, 그 소리를 배경으로 언쟁을 벌이는 엄마와 아빠. 현아는 그 새벽의 다툼 소리로 엄마와 아빠 둘 다 자신을 원하지 않는다는 걸 알았다. 두 사람 다 현아를 사랑했다. 하지만 현아와 함께 살기 힘든 '현실적인' 이유들이 있었다.

미카는 어둠에 잠긴 해변을 둘러보았다. 저만치 어딘가에 어린 현아가 몽돌을 줍고 있을 것 같았다. 엄마 아빠의 거친 말들을 엿들으며 몽돌만 만지작거리던 여덟 살의 현아.

"강현아를 데리고 사라지는 방법도 있었을 텐데 나를 끌고 오다니, 의외군."

"어차피 설계자님과 저의 싸움입니다."

"잘 들어라, 미카. 설계자는 죽지 않는다. 하지만 시뮬레이션 세계에서라면 이야기가 달라진다. 제아무리 설계자라 해도 이곳에서 철저히 파괴되면 소멸돼. 네가 죽지 않고 다시 돌아온 건, 그때 내가 널 죽이지 않았기 때문이야. 상부의 명령대로 널 파견처로 돌려보낸 거니까. 하지만 그때 더 강한 락싸멘툼으로 널 공격했다면…… 지금과는 상당히 다른 일들이 있었겠지."

"저보다 강한 분이란 걸 알고 있습니다. 하지만 저도 준비 없이 온 건 아닙니다."

"그래, 뭘 얼마나 준비했는지 어디 한번 보기나 하자. 한심한 녀석."

수거함은 락싸멘툼으로 미카를 10미터쯤 떨어진 몽돌밭에 처박아 버렸다.

"애송이를 상대로 힘자랑을 한 것 같아 미안하군. 하지만 세상이 네 뜻대로 돌아가지 않는다는 것 정도는 이 기회에 배워 둬라. 인간뿐 아니라 설계자도 소중한 걸 잃으면서 이 우주의 속살과 마주한다는 걸 말이다."

미카는 여전히 해변에 처박힌 채 수거함을 노려보았다.

"그래서 복수하고 싶었나요? 사랑했던 사람의 죽음을 두고 이 문명의 지성체들에게 책임을 묻고 싶었던 거예요? 이 세계에서 쫓겨나 있는 동안 당신에 대해 알아봤어요. 일이 돌아가는 정황을 수치와 데이터로만 파악하는 설계자들은 절대 눈치 못 챌 것들까지 다 봤다고요. 이 세계에서 얻은 경험치로, 당신의 지난 데이터들을 이야기로 만들어 봤어요. 그랬더니 왜 이런 일들이 벌어졌는지 보이더군요. 현아에게 무도인의 데이터와 설계자의 에너지를 이식한 건 당신이에요, 로흐 대령."

수거함의 락싸멘툼은 미카가 감당하기엔 너무나 강했다. 정면 승부는 의미 없다고 판단한 미카는 해변의 몽돌 수천 개를 허공으로 끌어올린 다음 수거함에게 날렸다. 수거함이 락싸멘툼 몽돌 비를 막아 내느라 움찔하는 사이 미카는 상대의 에너지장에서 벗어날 수 있었다.

"썩 괜찮은 일격이었다, 꼬마야. 하지만 이걸 알아야지. 물론 그럴 가능성은 거의 없지만, 네가 이 세계에서 나를 소멸시킨다 해도 파견처에서는 또 다른 집행관을 내려보낼 것이다. 네가 정말 그 아이를 살리고 싶다면 한 가지 제안을 하지. 그 아이를 내게 맡겨라."

"당신 손에 죽게 내버려 두라고?"

"멍청한 녀석. 내가 강현아에게 최배달의 데이터와 락싸멘툼을 이식한 범인이란 걸 알아냈다면서? 그러면 그 이유도 찾아봤어야지. 나는 군인이다. 의미 없는 행동은 하지 않아. 군인에게 의미 없는 행동은 죽음을 뜻하니까."

"현아를 저렇게 만든 이유가 뭡니까?"

"나는 그 애를 택했다. 이 세계에 아마겟돈을 불러올 심부름꾼으로. 너도 알다시피 외부의 충격이나 실수로 망가진 시뮬레이션 세계는 복원된다. 저 하릴없는 설계자들이 무너진 세상을 되돌려 놓는 거지. 하지만 내부 지성체가 망가뜨린 세계는 회복이 불가능하다. 난 이 문명이 종말을 고하길 기대하고 있다.”

“설계자들이 사랑하는 문명입니다.”

“너도 여기 와 봤으니 알 거 아니야? 설계자들이 데이터로 보는 것과 여기 직접 와서 보는 게 얼마나 다른지. 설계자들은 이 문명의 속살을 몰라. 전쟁이 터지면 아이들 학교에도 미사일을 갖다 꽂는 게 이 문명의 지성체들이야. 이미 자멸의 기미를 보이는 자들이지. 이런 문명은 하루빨리 막을 내리는 게 옳아.”

“현아는 그런 세상을 지키고 싶어 하고 저는 그런 현아를 지킬 겁니다.”

미카는 다시 락싸멘툼으로 몽돌들을 들어올렸다. 하지만 수거함은 군인이었다. 군인은 패전의 경험에서 배우는 사람이었다.

“뜻대로 안 될걸? 강현아는 내 피조물이니까. 설계자와도 다르고, 이 문명의 어떤 지성체들과도 다르지.”

수거함은 미카가 허공으로 끌어올린 몽돌들을 노려보았다. 그리고 미카가 그 돌들을 수거함 쪽으로 날리기 전에 두 손을 움직여 작은 회오리를 만들었다. 인력과 척력을 어긋나게 교차시켜서 강한 힘의 소용돌이를 만든 것이다. 소용돌이는 순식간에 몽돌을 집어삼켰다. 타다닥! 타다닥! 돌들이 부딪치는 소리가 해변에 울리며 미카의 비명 소리마저 집어삼켰다.

락싸멘툼 회오리가 지나간 자리. 미카는 파도가 닿는 곳에 쓰러

져 있었고, 수거함은 최후의 일격을 준비했다.

"꼬맹이, 너한테는 아무 유감이 없었는데 미안하게 됐다. 어차피 군인은 선택을 해야 하는 사람이다. 죽일 것인가, 살릴 것인가. 윤리는 기준이 되지 못한다. 윤리는 저 게을러빠진 설계 윤리학자들의 몫이지. 우리는 그저 선택할 뿐이다. 더 나은 결과를 도출하기 위해 나는 무엇을 해야 할까."

"당신도…… 똑같아요. 학교에 미사일을 내리꽂아서 아이들과 당신의 애인을 살해한 군인들과 똑같아요."

"소멸해라, 미카……."

수거함은 미카의 이마를 향해 락싸멘툼을 정조준했다.

그때였다.

"우떤 호랭이가 씹어 먹을 놈들이 오밤중에 몽돌을 훔치 가노, 엉?"

"이거 불법인 거 모르나? 이 시키들, 콩밥을 무야 정신을 차리제."

성난 손전등 불빛 여러 개가 흔들리며 다가왔다. 몽돌 해변을 자체 순찰하는 동네 사람들이었다.

수거함은 잠시 망설이다 다시 손을 내렸다. 저 사람들을 상대로 수거함이 직접 락싸멘툼을 쏘면 파견처에서 알아차릴 것이다. 이 문명을 파괴하고 인간을 몰살하는 일은 강현아의 몫으로 남겨 두자. 수거함은 현아가 있는 동흔고 옥상으로 급히 텔레포트했다.

공조: 소녀의 도장 깨기

미카가 아니라 수거함이 돌아왔다는 사실에 현아는 다리에 힘이 풀렸다. 죽이진 않았다는 수거함의 말은, 미카를 숨통이 끊어지기 직전으로 몰고 갔다는 뜻이었다. 하지만 현아는 울지 않았다.

"미카는 돌아올 거예요. 나는 미카의 흔적이 모조리 증발해 버린 세상에서 미카를 다시 기억해 냈어요. 당신들은 흔적을 모조리 지우면 존재까지 지워지는 줄 알겠지만, 아니에요. 때로는 뭔가가 사라진 그 자리가, 더 뜨겁게 누군가의 존재를 증명하기도 하거든요. 이번에도 그럴 거예요. 당신들은 모르는 이 세계의 힘이 또다시 기적처럼 미카를 데려올 거예요."

말을 마친 현아는 옥상에 놓인 황소상을 쓰다듬었다. 그제야 수거함은 일이 틀어졌다는 걸 알았다. 황소는 강현아 안에서 최배달의 데이터를 발현시키는 강렬한 매개였다. 실제로 이 옥상을 떠나기 직전까지 현아는 최배달로 변해 가고 있었다. 하지만 지금 저렇게 수거함을 노려보고 있는 아이는 강현아였다.

"황소상의 암시를 어떻게 떨쳐 낸 거냐?"

"떨쳐 내지 않았어요. 아주 강력한 암시였고 무도인 할아버지가 제 의식을 차지하려고 했었죠. 의식이 뒤바뀌기 직전에 무도인 할아버지에게 부탁을 드렸어요. 친구의 목숨이 위험하니 계속 강현아로 남게 해 달라고."

"그게 가능하다니 놀라운데? 그러고 보니 벌써 자정이 지났네. 남은 날이 7일로 줄었다, 꼬마야. 슬슬 서두를 때가 왔단 뜻이야. 순순히 따라올래 아니면 무력으로 데려갈까?"

"당연히 따라가야죠. 인간들 사이에는 적을 알고 나를 알면 백전백승이란 말이 있어요. 아저씨가 어떤 분인지 알아야겠어요. 어디든 가요."

현아는 제 발로 걸어가 수거함의 팔을 잡았다.

수거함이 현아를 데려간 곳은 오스트레일리아의 골드코스트에 위치한 주택이었다. 수거함의 옛 연인 루이즈의 고향집을 수거함이 사들인 것이다. 이제 이곳은 이 행성의 문명을 붕괴시킬 컨트롤 타워였다.

"설계자들이 널 뭐라 부르는지 아니?"

수거함은 냉장고에서 핑크색 레모네이드를 꺼내 현아에게 주었다.

"오류X. 널 이 세계의 오류라 명명한 거야. 가져서는 안 되는 힘으로 이 세계를 붕괴시킬지도 모른다고 말이다. 하지만 이 문명은 네가 태어나기도 전에 이미 자멸 능력을 갖추고 있었어."

수거함은 현아에게 소책자 하나를 툭 던져 주었다.

"헤리티지 재단이 펴낸 미국 헤리티지 군사력 보고서야. 거기 보면 알겠지만 지구에는 이미 3600개에 육박하는 핵무기가 있어. 그러니 너 같은 어린애를 문명의 위험 요소로 지정한 것 자체가 웃기는 일이야. 강현아가 위해한 존재라는 말은 너를 제거하려는 이유치고는 지나치게 옹색해. 설계자들이 정말로 이 문명의 안위를 걱정한다면 저 핵탄두부터 없앴어야지. 너를 물고 늘어질 게 아니라."

"아저씨도 날 죽이러 온 거잖아요. 그런데 그런 말은 뭐 하러 해요?"

"미카가 귀띔을 안 해 줬나 보군. 지금의 널 만든 게 나다, 꼬마야. 너에게 설계자의 에너지를 준 것도 나고, 네 머릿속에 무도인 최배달의 데이터를 넣은 것도 나야. 널 죽인다는 말은 네 곁으로 오기 위한 명분에 지나지 않았어. 네가 이 문명을 그만 끝내라. 그러고 나면 널 살려 줄 생각이다."

"지구가 박살나는데 저를 무슨 수로 살려요?"

"내가 미리 마련해 둔 거처가 있다. 먼 외계 행성에 네가 생존할 만한 돔을 지어 두었어. 넌 거기서 살면 돼. 만약 미카가 살아 돌아온다면 함께 그곳으로 보내 줄게."

수거함의 마지막 말이 현아를 흔들었다.

"아저씨가 약속을 깰 수도 있잖아요. 첫인상부터 엿 같았고, 지금 상황도 썩 좋진 않은데 제가 아저씨를 어떻게 믿어요?"

"내가 널 택한 이유를 믿어라. 너는 루이즈를 닮았어. 이 집의 본래 주인이자 종군 기자였고, 내가 사랑했던 사람. 그리고 왕십리 골목의 홍익인간 강현아. 둘 다 외롭게 성장했고, 세상을 향한 선의와 분노 사이에서 늘 상처받았지. 그래서 널 택한 거다, 강현아. 나는 널 오류X가 아니라 이 문명의 최후 생존자로 택한 거야. 루이즈는 죽었어. 분쟁 지역의 초등학교를 취재하러 갔다가 폭격으로 초등학생들과 함께. 하지만 넌 살릴 거야."

수거함의 눈빛은 진심이었다. 현아는 한 사람의 무게가 세상 전부의 무게와 같을 수 있다는 걸 여틈하게나마 알고 있었다. 맨해튼의 장대비 속에서, 미카를 잃어버렸다는 걸 마침내 기억해 낸 그 순간, 현아는 자기의 세계가 치명상을 입었다는 걸 알았으니까. 현아는 수거함의 아픔을 이해할 수 있었다. 그에게 이 문명이 얼마나 잔혹했는지도 알 것 같았다.

"생각할 시간을 주세요. 도망 안 갈 테니까 따라오지도 마시고요."

현아는 레모네이드 병을 챙겨 들고 집 밖으로 나왔다.

조용히 누굴 만나러 가는 길이었다. 수거함이 없는 데서 이야기를 나눌 사람……. 현아는 해변의 모래밭에 퍼질러 앉았다. 몸집이 크고 부리가 날카로운 새들이 해변을 걷고 있었고, 등이 빨갛게 익은 꼬마들이 뛰어다니고 있었다. 현아는 모래밭에 레모네이드 병을 내려놓고 눈을 감았다.

의식의 문을 밀고 들어가자 무도인 할아버지가 서 있었다.

"할아버지는 왜 그렇게 도장 깨기를 하고 다니셨어요? 강하다는 걸 증명하고 싶었던 거예요?"

"강한 상대와 겨루고, 그에게서 배우고, 그를 넘어서는 일 자체가 무도인의 길이니까. 내가 특별히 선택한 게 아니라, 무도인으로서 당연히 가야 할 길이었다."

"수거함 아저씨는 저와 할아버지의 힘으로 지구 문명을 없애려고 해요."

"그럴 사람으로 보이진 않았다만, 네 눈빛을 보니 사실이구나."

"수거함 아저씨한테 협조하면 우릴 살려 준대요. 아저씨한테 저항하면 우린 죽어요. 할아버지는 어떻게 하실 거예요?"

"너는 어찌 할 참이냐?"

그로부터 10분 뒤.

현아는 수거함에게 부탁하여 타클라마칸 사막의 사암 지대로 갔다. 이 세계가 붕괴하기 전에 마지막으로 보고 싶은 데가 거기라 했더니, 수거함도 군소리 않고 데려다주었다.

타클라마칸의 바람은 오늘도 매서웠다.

"맘은 정했니? 우리는 핵 보유국을 돌며 핵탄두를 하나씩 터뜨릴 것이다. 핵탄두의 위치는 내가 안내할 테니, 네 안에 사는 무도인이 락싸멘툼으로 핵을 터뜨리기만 하면 끝난다. 도장 깨기를 하듯 하나씩!"

"아까부터 내내 궁금했던 건데, 그렇게 이 세상을 끝장내고 싶으면 아저씨 손으로 직접 하지 그래요?"

"나는 설계자다. 설계자의 실수로 이 세계가 무너지면 설계자들이 책임지고 다시 복구해. 그래서 내가 나서는 건 의미가 없다. 이 세계의 일부인 네가 그 일을 해야만 해."

"그렇구나. 음…… 제가 돌려드릴 답은 이거예요. 핵은 터지지 않아요, 아저씨. 전 이 문명을 지킬 거예요."

"강현아! 무모한 짓 관두고 살아남아라. 널 죽이고 싶진 않아."

그 말에 답한 건 무도인이었다.

"아이는 끝까지 홍익인간으로 남겠다 했네. 나더러 생애 최고 난도의 도장 깨기에 도전하지 않겠느냐 묻더군. 그 순간 나의 정신적 스승인 미야모토 무사시가 떠올랐네. 검으로 숱한 적의 목숨을 거둔 뒤 무사시는 살리는 검을 연구하기 시작했지. 검으로 나를 증명해 보이는 단계를 넘어서 검으로 사람을 살리고 세상을 구하는 법을 찾아 나선 걸세. 나 또한 그 길로 들어섰다네. 아이와 나는 뜻을 모았어. 나중에 서로 딴소리하지 않기로 손가락까지 걸었지. 이번 도장 깨기의 명분이 인간을 살리고, 세상을 널리 이롭게 하는 것이라는데, 이 얼마나 멋진 일인가? 수거함 자네는 친절한 사람인데, 적이 되어 유감이네."

말투와 눈빛은 무도인이었으나 단발머리를 귀 뒤에 꽂는 건 또 현아였다.

"대체 누구야? 강현아야? 아니면 최배달이야?"

"우리를 만든 게 그대이지 않은가? 맞아요, 아저씨가 우릴 만들었죠."

무도인이 두 손을 단전에 두고 기를 모았다.

"너희는 내 적수가 안 돼! 피조물은 창조주를 이길 수는 없거든."

수거함이 손을 뻗어 돌리자 사막의 바위들이 솟구치기 시작했다. 지금이라도 현아와 무도인이 마음을 돌린다면 이 바위들을 제자리에 돌려놓을 생각이었다. 하지만 상대도 이미 수거함을 겨누고 있었다.

수거함이 바위들을 강현아 쪽으로 날렸다. 무도인이 정권에 락싸멘툼을 실어 허공에 내뻗었다. 강한 척력이 바위들을 멀리 날렸다. 하지만 수거함은 이미 다음 공격을 준비한 터였다. 수거함이 락싸멘툼을 쏘자 큰 바위들이 해체되기 시작했다. 대여섯 개의 작은 바위로 나뉘었다가, 다시 수백 개의 자갈로 나뉘었다가 이윽고 모래가 되었다. 수거함이 내뻗은 손을 돌리자 모래 폭풍이 무시무시한 속도로 현아를 휘감기 시작했다.

소용돌이치는 모래 폭풍 속에서 현아가 비명을 질렀다. 가까스로 얼굴을 가렸지만 작은 모래알들이 목덜미와 손등을 칼날처럼 할퀴고 지나갔다. 회오리에 갇힌 채 무도인은 사바트의 명수 보몬과의 결투를 떠올렸다. 얌전한 인상에 뱀의 눈빛을 품고 있던 보몬은 자신의 발에 모든 걸 걸고 있었다. 그의 핵심 기술은 사바트 차기였다. 보몬은 태권도의 이단 차기와 뛰어 차기 기술과 유사한 사바트 기술로 무도인을 몰아세웠다. 최후의 일격을 가할 생각으로 보몬이 다시 솟구쳐 올랐다. 그 순간 무도인도 함께 공중으로 뛰어올랐다. 한쪽 발로 보몬의 다리를 가격하고, 다른 쪽 다리로는 보몬의 배를 가격했다. 무도인에게도 쉽지 않았던 삼단 치기를 성공한 순간이었다.

무도인은 세찬 회오리 속에서 공중으로 솟구친 다음 몰아치는 바람을 발로 찼다. 현아는 그 발끝에 자신이 낼 수 있는 가장 강한 락싸멘툼을 실었다. 회오리는 안쪽에서부터 붕괴되기 시작했고, 잠시 후 자욱한 모래 먼지를 남기고 사라졌다.

현아가 바닥에 털썩 주저앉아 구역질을 했다. 하지만 수거함은 멈출 생각이 없는 듯했다.

"너라면 내 뜻을 따라 줄 줄 알았는데……. 마음이 아프지만 잘 가라, 강현아. 잘못 만들어진 피조물의 목숨을 거두는 것도 설계자의 일이니."

수거함은 락싸멘툼을 실은 주먹을 땅에 내리꽂았다.

으그르르! 땅이 진동하는 소리가 들리더니, 현아의 눈앞에서 땅이 갈라지기 시작했다. 시커먼 틈새를 드러내면서 현아에게 다가오고 있었다. 하지만 갈라진 땅이 현아를 집어삼키기 직전에 강한 힘이 현아를 끌어당겼다. 강한 인력으로 현아를 끌어당긴 이는 미카였다.

이마에 붕대를 감은 미카가 현아를 내려다보고 있었다. 미카는 현아를 사암 지대 구릉에 내려놓았다.

"아직 몸이 온전치 않아 보이는데 이 싸움을 감당할 수 있겠니, 꼬마?"

수거함이 미카를 자극했다.

"네 여자 친구에게 제안을 했다. 날 위해 일해 주면 인간이 살수 있는 돔으로 데려가겠다고. 거기서 미카 너와 살게 해 주겠다고. 하지만…… 거절하더구나. 강현아는 너 대신 이 문명을 택했다. 이 대목에선 상처받은 얼굴이 되더라도 놀리지 않을게."

하지만 미카는 픽 웃었다.

"강현아답네요. 몰랐어요, 쟤 저런 앤 거? 로흐 대령님은 이 세계를 반밖에 몰라요. 제 머리에 붕대를 감아 준 게 누군 줄 아세요? 그 몽돌 해변을 지키려고 달려왔던 사람들이에요. 학교가 있는 마을에 떨어지는 미사일도 있지만 대가 없이 누군가를 살려 내는 사람들도 있어요."

미카는 천천히 붕대를 풀어서 그러쥐었다.

수거함이 선공에 나섰다. 그는 하강 기류를 만들어 미카에게 쏘았다. 미카를 갈라진 땅 틈으로 밀어 넣으려는 것이다. 미카는 물살에 떠내려가듯 하강 기류에 휩쓸렸다. 설계자의 에너지로 만들어진 하강 기류 속에선 공간 이동도 불가능했다. 몸을 원자 단위로 해체하는 순간 하강 기류 때문에 몸의 원자들이 흩어져 버리기 때문이었다. 엎어진 채 떼밀려 가던 미카는 락싸멘툼으로 붕대를 던져 수거함의 한쪽 발목에 걸었다. 수거함도 균형을 잃고 넘어지면서 하강 기류에 말려들고 말았다. 몸을 가눌 수 없는 강풍이 수거함과 미카를 땅의 열린 틈새로 끌고 갔다.

틈새로 추락하는 동안에도 붕대는 수거함의 발목을 조여 들어

갔다. 팽창 에너지가 응집된 붕대는 결국 수거함의 발목을 으스러 뜨렸고, 수거함의 발목은 가장자리부터 해체되기 시작했다. 발목을 잃은 수거함은 몸의 균형을 완전히 상실한 채 추락했고, 미카는 붕대를 절벽의 돌출 부위에 걸고서 하강 기류를 견뎠다. 10초쯤 뒤 하강 기류가 그치자 미카는 사암 지대로 곧장 텔레포트했다. 그러고는 강한 인력으로 갈라진 땅을 다시 이어 붙였다. 수거함은 절벽에 갇힌 채 나오지 못했다.

현아가 지켜보는 앞에서 승리를 거머쥔 미카는 자랑스럽게 웃으며 현아를 돌아보았다. 하지만 현아는 사라지고 있었다. 수거함에게 얻어맞은 락싸멘툼은 인간인 현아가 감당할 수 있는 수준이 아니었다. 자신의 몸이 흩어지고 있다는 걸 알아차린 현아가 미카에게 소리쳤다.

"손미카! 좋아할 뻔했어. 딱 그 정도였으니까 나 너무 오래 기억하고 울고 그러면 안 돼."

바람의 현아

시뮬레이션 세계의 생명체가 감당할 수 있는 에너지가 아니었다. 우주를 팽창시키는 그 힘이, 현아의 세포들을 흩어 놓았다. 세포와 세포 사이가, 분자와 분자 사이가, 원자와 원자 사이가, 원자핵과 전자 사이가 멀어졌다. 현아는 먼지가 되고 허공이 되어 바람 속으로 떠났다.

마지막 순간까지 현아를 안고 있던 미카는 제 품속이 비었다는 걸 알았다. 바람이 현아를 데려간 것이다.

"현아야⋯⋯."

미카는 툭 무릎을 꿇었다.

미카는 사암 지대에 얼굴을 박고 울었다. 타클라마칸에 어둠이 내리고 달이 떠올랐다. 미카의 은발에 달빛이 내려앉았다.

현아의 원자들을 훑고 간 상승 기류는 지상으로부터 16킬로미터 지점에서 다른 바람과 섞였다. 그곳에 부는 바람의 평균 속도는 시속 80킬로미터, 지구의 원주를 생각하면 흩어진 현아의 원자

들은 짧게는 2주 안에, 늦추 잡아도 3주 안에 북반구를 한 바퀴 돈
다. 설계자인 미카가 정밀 프로그래밍을 한다고 해도 현아의 입자
들을 다시 모을 수는 없었다.

"현아야……."

미카는 설계자들을 저주했다. 설계자들은 자신들의 실수를 감
추기 위해 현아를 오류라 규정했고 기어이 소멸시켰다. 그 어처구
니없는 계획을 추진하기 급급하여 로흐 대령이 이 일에 적합한지
도 제대로 검증하지 못했다. 미카는 이 시뮬레이션 세계도 원망스
러웠다. 이 세계는 왜 그토록 현아를 외롭게 했을까?

왜 현아만 사라져야 하는가.

왜 현아가 희생되어야 했나.

홍익인간 강현아와 무도인 최배달의 데이터는 최악의 경우 이
런 결말까지 각오했을지도 모른다. 하지만 미카는 아니었다.

미카는 현아의 흔적을 찾아 서울로 돌아갔다. 하지만 현아는 벌
써 잊히는 중이었다. 현아의 뒤를 쫓던 뉴스들조차 새로운 정치
스캔들에 떠밀려, 사람들의 관심사에서 멀어지고 있었다. 현아를
기억하고 기다리는 건 심지훈 하나였다. 지훈이는 아침 등교 전이
나 저녁에 학원 가기 전에 꼭 현아의 집에 들렀다. 문도 두드려 보
고, 전화도 걸어 보고, 메모를 붙여 두기도 했다. 현아가 소멸된 지
사흘째 밤에, 지훈이는 현아네 집 문에 사진 한 장을 붙여 두고 갔
다. 언젠가 미카의 부탁으로 찍었던 현아와 미카의 투샷이었다.

어색하게 얼굴을 현아 쪽으로 기댄 미카와 멀뚱한 표정의 현아

였다.

미카는 그 사진을 품에 안고 한강변으로 왔다. 강물에 비친 달 그림자를 보던 미카는 고개를 들어 달을 마주했다. 어릴 적 현아의 불안한 맘을 달래 주던 달이었다. 달은 아빠처럼 떠날 궁리에 골몰하지도 않았고, 현아를 버거워하던 엄마와도 달랐다. 저녁마다 현아를 졸졸 따라다녔고, 현아가 창가로 와 주기만 하면 오래오래 눈을 맞춰 주었다.

"그때 좀 웃어 주지 그랬어, 달님? 창가에 달라붙어 널 달님이라 부르던 그 꼬마에게 좀 웃어 주지 그랬어? 꼬마한테는 너밖에 없었는데."

미카는 시뮬레이션 세계를 프로그램 모드로 변환시켰다. 눈앞의 강도, 등 뒤의 아파트 단지도, 어쩌다 지나는 행인들도 설정값을 상실하고 숫자와 기호로 변했다. 시뮬레이션 세계로 다이빙한 설계자가 절대 해서는 안 되는 일이었다. 하지만 현아를 잃은 미카에게는 설계자들의 규칙 따위는 한낱 개소리에 지나지 않았다.

프로그램 모드로 변환된 세계의 절대적인 지배자는 미카다. 시뮬레이션 세계 내부로 들어선 설계자만큼 위험하고 전능한 존재도 없다. 미카는 엄지 끝으로 하늘의 달을 정조준했다. 그러고는 서쪽으로 지던 상현달에다 웃는 눈과 웃는 입을 그렸다.

"이제라도 웃어, 이 광물 덩어리야! 그때 네가 웃었으면 우리 현아가 덜 외로웠을 거 아니야?"

그리하여 달에는 완벽한 스마일 무늬가 새겨졌다. 미카는 웃는 달을 올려다보며 눈물을 흘렸다. 강현아, 미안해. 세상은 너한테 조금 더 호의적이어야 했어.

미카는 시뮬레이션 세계를 다시 설정값 모드로 변환했다. 다시 강이 흐르고, 강변 고층 아파트엔 불이 환하고, 바람이 불고, 이따금 새가 날았다. 많은 것들이 어제와 다름없었지만 지구 문명은 혼란에 빠졌다. 하늘에 뜬 달에 스마일 무늬가 새겨져 있었기 때문이다.

그 밤에 설계자들이 땅으로 내려왔다. 굳이 인간의 형상을 취하지 않고 설계자의 모습 그대로 내려와 미카를 에워쌌다. 그중에는 미카의 학교 선생도 있었다.

"미카! 어쩌자고 이런 일을 벌인 거니? 설계자들이 무려 45억 년을 공들인 문명이야! 이 문명이 치명상을 입는 건 인간에게도 우리 설계자들에게도 가혹한 일이야. 네 사사로운 감정 때문에 이 문명을 흔들어선 안 돼. 진즉 오류X를 소멸시키고 일을 매조지었으면 이런 일도 없었을 텐데."

"보세요, 저런 게 오류예요. 현아가 아니라 달에 새겨진 스마일이 오류라고요! 현아는 살려야 했어요."

혼란은 다음 날에도 계속되었다.

종교인들은 거리로 뛰쳐나와 울었고, 과학자들은 이런저런 원인을 찾느라 여념이 없었다. 분명한 건 간밤에 본 달의 웃음은 집단 환각의 결과가 아니라는 점이었다. 달의 웃음은 관측 결과로 실재했다. 혼돈의 날이 저물고 밤이 되자 스마일 무늬가 새겨진

달이 다시 떠올랐다.

광화문은 거대한 통성 기도장으로 변했다. 사람들은 가슴을 치고, 신의 이름을 부르고, 더러 성조기를 흔들었다. 가족, 친지, 연인의 안부를 물으려는 사람들로 통화량이 폭주하여 휴대폰은 가끔씩 먹통이 되었다.

미국은 달의 스마일 무늬를 두고 중국을 의심했다. 최근 달 탐사에 열을 올리는 중국이 극비리에 스마일 프로젝트를 추진했으리라는 것이다. 중국이 달을 국유화하려 했다는 국제적인 비난이 일자 중국도 발끈했다. 물증도 없이 악의적 비난을 가하는 미국이야말로 이번 사건의 배후가 틀림없다고 했다.

다툼이 약탈로, 약탈이 전쟁으로 이어졌고, 사람들은 차차 웃는 달을 종말의 징후로 받아들이기 시작했다. 한때 현아가 살았던 시뮬레이션 세계에 금이 가고 있었다. 수거함은 한참이나 헛다리를 짚은 것이었다. 애초에 핵폭발은 필요도 없었다. 이 문명을 파괴하는 데는 저 웃음 하나면 충분했다.

미카는 전쟁의 폐허 속을 떠돌다가 바람이 불면 잠깐씩 걸음을 멈추었다.

오직 아기들만이 달을 보며 웃었다. 전쟁 통에 엄마를 잃은 아기들도 지붕이 무너진 학교 대신 흙바닥에 주저앉은 아이들도 달을 보며 웃었다. 문명의 번성기를 경험한 어른들은 그 철없는 웃음에 가슴이 미어졌지만, 아기들은 달님을 좋아했다. 어릴 적 현아가 그랬던 것처럼 아기들은 달과 눈을 맞추고 이야기를 나눌 줄 알았다. 다행히도 지금의 달은 아이들에게 웃어 줄 줄 알았다.

설계자들이 두 차례 더 귀환 명령을 내렸지만 미카는 불응했다.

미카는 여전히 바람을 쫓고 있었다. 바람을 따라 북반구를 휘도는 현아의 입자를 따라다니는 것이었다. 모래바람이 지독하던 날 파견처에서 연락이 왔다. 미카는 현아의 입자를 쫓아 타클라마칸 사막을 지나고 있었다. 모래바람에 깎인 괴암에 푸른빛이 맺혔다.

– 미카 군 말대로 오류는 강현아가 아니라 우리에게 있었네. 그러니 이제 그만 스마일을 지우도록 해. 우리는 그 세계를 다시 설계할 걸세. 한때 강현아가 지키려던 세계가 아닌가. 그러니 미카 군이 와서 설계를 맡아 주게.

– 달의 스마일 무늬로 파괴된 세계를 모조리 복원할 수 있습니까?

– 물론이네.

– 전쟁 통에 죽은 사람들을 모두 되살릴 수 있습니까?

– 그렇다네.

– 이 세계를 복원하는 시점을 현아의 소멸 이전으로 되돌려도 됩니까?

– 그건…….

– 그렇다면 이 세계는 또 한 번의 파국을 반복할 뿐입니다. 모르셨습니까? 한 사람의 불의한 죽음은 한 세계의 종말이란 것을요.

에필로그

현아는 몰래 집을 빠져나왔다. 엄마 아빠는 벌써 한 시간 넘게 부부 싸움 중이었고 이런 날은 더 버티고 있어 봤자 아침을 챙겨 줄 사람도 없었다. 다행히 책가방 안에는 어제저녁 학원에서 먹다 남은 비스킷이 들어 있었다.

비스킷을 먹으며 학교로 가는데 위쪽 골목에서 강아지가 깽깽 거리는 소리가 들렸다. 당장 소리 나는 곳으로 가 보고 싶었지만 학교와는 반대쪽 길이었다. 현아가 가방끈을 만지작거리며 망설 이는데 깽깽거리던 소리가 뚝 그쳤다. 대신 숨찬 쇳소리가 들려왔 다. 현아는 입가의 비스킷 부스러기를 털어내며 가파른 골목을 뛰 어 올라갔다. 골목 끄트머리 전봇대 옆에서 웬 할아버지가 개 목 줄을 흔들고 있었다. 현아의 종아리만 한 강아지가 목줄에 대롱대 롱 매달린 채 허공에서 몸을 뒤틀고 있었다.

"야, 이 개새끼야! 내가 지나갈 때는 꼬리 감고 집으로 들어가랬 지? 꼴이 보기 싫다고!"

개는 제대로 숨을 들이마시지 못해 몸부림치고 있었다.

현아는 신발주머니를 냅다 할아버지의 얼굴에 던져 버렸다.

"강아지 내려놔!"

그러자 할아버지는 개를 바닥에 팽개치고는 현아에게 달려왔다. 술에 취했는지 걸음은 비틀거렸지만 서슬 퍼런 눈길은 현아를 놓치지 않았다. 현아는 훅 끼쳐 오는 술 냄새를 피해 달아났다. 골목에 팽개쳐진 신발주머니가 걱정이긴 했다. 동흔초등학교 1학년 3반 담임 선생님은 신발주머니를 안 챙겨 온 아이들을 그냥 눈감아 주는 법이 없었다. 하지만 지금은 할아버지를 따돌리는 게 우선이었다.

훤히 아는 동네 길이었고 내리막길이라 가속도가 붙었지만 그건 할아버지도 마찬가지였다.

"너 이 새끼!"

할아버지는 무섭게 따라붙었다.

숨을 헐떡이며 내달리는데 갑자기 둔탁한 무언가가 현아에게 부딪쳐 왔다. 현아의 비명이 골목에 울렸고, 잠시 후…….

"이제 괜찮아."

누군가가 현아의 눈을 가렸던 손을 떼었다.

그곳은 동흔초등학교 뒷마당 토끼장 앞이었다. 어제 현아네 반에 전학 온 손미카가 현아를 뚫어져라 보고 있었다. 은빛 머리칼과 여틈한 회색빛이 도는 피부 때문에 전학 오자마자 외계인이라 놀림을 받던 그 애였다.

"거기서 어떻게 여기로 바로 왔는지는 묻지 마. 아직은 말해 줄 수 없으니까. 나중에 열일곱 살 되면 그때 말해 줄게."

"왜 열일곱 살 때 말해 줄 건데?"

"그 이유도 그때 말해 줄게."

열일곱 살 네 생일에 고백할 거니까. 나한테 네가 어떤 존재인지, 내가 어디서 왔는지, 이 세계를 지키기 위해 싸우던 네가 얼마나 근사했는지, 네가 추천해 준 편의점 세모 레시피를 내가 얼마나 좋아했는지 죄다……. 그리고 열일곱 살이 되면 글리제 581의 변두리 행성에 있는 작은 추모 공원에 데려갈 생각이었다. 지금은 루이즈와 로흐 대령의 무덤에 꽃을 바치는 이가 미카밖에 없지만, 때가 되면 현아도 그곳을 드나들 것이다.

조회 시간에 현아는 복도로 쫓겨났다. 우산꽂이 옆에 따분하게 서 있는데 미카도 교실 밖으로 나오는 것이었다. 미카 역시 신발주머니를 깜빡한 모양이었다.

"너, 아까 그 할아버지 안 무서웠어?"

미카가 물었다.

"엄청 무서웠지."

"그런데 왜 신발주머니를 던졌어? 그러다가 네가 다칠 수도 있잖아."

"알게 뭐야! 그런 악당은 하나씩 하나씩 깨부수는 거야."

미카는 현아의 눈을 빤히 들여다보았다.

때가 무르익지 않아서 실체를 드러내진 않지만 저 눈빛 어딘가에 무도인의 데이터가 섞여 있는 것 같았다.

"그러다 악당한테 지면?"

"내가 지더라도 강아지는 구할 수 있잖아."

"그럼, 이따가 거기 다시 가 볼까? 강아지 괜찮은지 보러 말이
야."

"좋아!"

복도 창문 너머로 바람이 불어와 현아의 앞머리를 흩뜨렸다. 미
카는 한때 현아가 바람이었던 시절이 떠올라 가슴이 저릿했다.

"그런데 너 싸움 잘해?"

이번엔 현아가 물었다.

"응. 태권도 품 띠야. 이 동네에 이사 오자마자 용인대 박사 홍
인성 태권도장에 등록했어."

"거기 좋아?"

"응. 관장님도 좋고 형들도 재미있는 것 같았어. 운동 끝나면 컵
라면 먹으면서 놀다 가도 된대."

"나도 엄마한테 거기 보내 달라 그럴까?"

"태권도 배우게?"

"응. 그래야 못된 사람 딱딱! 물리치지."

현아는 어설프게 주먹 하나를 내뻗어 보였다. 멀리 복도 끝에
매달린 커다란 액자가 출렁! 하고 흔들렸다. 물론 현아는 보지 못
했다.

바람 부는 벌판의 너에게

소설이란 주인공을 덫에 던져 버리고 시작하는 일이라 배웠다.

지금까지 내가 쓴 작품의 주인공들은 식인 식물로 뒤덮인 세상에 갇히거나, 차원의 경계면을 찢고 넘어온 침입자와 싸우거나, 지구를 멸망시키기 위해 학교에 잠입한 외계 첩자에 맞서는 등 적잖이 고생들을 했다.

가끔은 내 직업이 덫 연구가처럼 느껴질 때가 있다. 이리 말하면 작가가 몹시 사악한 존재로 느껴지겠지만 사실 글을 쓸 때마다 나 역시 덫에 걸린다. 멀찍이 떨어져서 남 이야기하듯 글을 쓴 적은 맹세코 한 번도 없다. 번번이 주인공과 함께 사건 속으로 굴러떨어졌고, 밀랍을 녹여 편지를 봉인하듯 나의 한 토막을 끊어 내고 녹인 뒤에야 글을 매조지을 수 있었다.

『현아의 장풍』에선 감히 외로움이란 덫을 놓았다.

오래전부터 외로운 소녀의 이야기를 쓰고 싶었다.

외롭게만 끝나지 않는 소녀의 이야기를 쓰고 싶었다.

누구나 그렇겠지만 내게도 유년의 황량한 벌판이 있었다. 바람이 몹시 세차던 그곳. 오늘 우리를 이루는 존재의 일부는 그 벌판에서 유래하지 않았을까. 그 바람을 외로움이란 단어로 바꿔 불러도 무방하리라. 그래서 이 책은 바람의 이야기면서 외로운 소녀에 관한 이야기다. 작품의 초고를 '바람의 현아'라는 제목으로 써 내려갔던 이유도 그것이었다.

주인공 현아에게 힘을 던져 주었다.

이 세상을 만든 설계자들의 에너지와 무도인 최배달의 기억 일부를 주었다. 외로운 너에게 막강한 힘이 생긴다면 무얼 할래?

두 번째 덫이었다.

『현아의 장풍』은 덫에 맞서는 현아의 궤적 하나를 보여 줄 뿐이다. 소설이란 원래 유일무이한 서사가 아니다. 다중우주 어딘가에는 현아가 그 에너지로 세상을 철저하게 바스러뜨린 이야기가 존재할지도 모른다. 아직 읽어 보지 못한 어쩌면 영원히 읽지 못할, 다른 버전의 이야기들도 아낀다. 다만 어떤 궤적을 그렸건 현아가 외롭게 끝나지 않았길 바랄 뿐이다.

이 작품은 교보문고 스토리공모전 수상작이었고 진산 작가님의 멘토링을 거쳐 세상에 나왔다.

멘토 멘티로 만나기 전부터 나는 진산 작가님의 팬이었다. 『존재의 비용』이라는 단편으로 처음 작가님을 접한 뒤로 작가님의 책들을 계속 구해 읽었다. 그런 작가님을 멘토로 만나다니, 작가로서 누릴 행복을 왕창 가불한 느낌마저 들었다. 『현아의 장풍』을 읽고 진산 작가님이 짚어 주신 것들은 앞으로 내가 쓸 모든 작품의 지침이기도 하다. 열심히 정진하여 작가님이 흐뭇해할 만한 멘티로 남고 싶다.

나는 늘 영어덜트소설 독자들을 위해 글을 쓴다.

영어덜트소설 독자가 단순히 10대에서 20대 초반까지의 독자만을 의미하는 건 아니다.

유년의 벌판을 가슴에 담아 두고서 가끔씩 꺼내 보는 당신, 불의한 장벽을 두고 보지 않는 당신, 가끔씩은 혼자 펑펑 울다가 컵라면에 물을 받는 당신, 우회하는 법을 배우지 못해 무작정 부딪치고 직진하는 당신. 그 모두가 영어덜트소설의 독자이며 나 역시도 그들 중 하나다.

그대도 바람 부는 벌판에서 왔나요?

그렇다면 그대를 할퀴고 간 바람을 기억해 두세요.

그 아릿한 통증은 곧 장풍이 될 테니…….

최영희

현아의 장풍

1판 1쇄 발행일 2019년 10월 4일 1판 2쇄 발행일 2020년 8월 5일
글 최영희 펴낸곳 (주)도서출판 북멘토 펴낸이 김태완
편집장 이미숙 편집 김정숙, 조정우 디자인 안상준 마케팅 최창호, 민지원
출판등록 제6-800호(2006. 6. 13.)
주소 03990 서울시 마포구 월드컵북로 6길 69(연남동 567-11), IK빌딩 3층
전화 02-332-4885 팩스 02-332-4875 이메일 bookmentorbooks@hanmail.net
페이스북 https://facebook.com/bookmentorbooks

ISBN 978-89-6319-326-7 03810